I0640012

Manuel Bretón de los Herreros, Louis Marie Auguste Loiseaux

La Independencia

Comedia en Cuatro Actos

Manuel Bretón de los Herreros, Louis Marie Auguste Loiseaux

La Independencia
Comedia en Cuatro Actos

ISBN/EAN: 9783744784788

Printed in Europe, USA, Canada, Australia, Japan

Cover: Foto ©Andreas Hilbeck / pixelio.de

More available books at **www.hansebooks.com**

LA INDEPENDENCIA

COMEDIA EN CUATRO ACTOS

POR

DON MANUEL BRETON DE LOS HERREROS

(1796-1873)

WITH EXPLANATORY NOTES IN ENGLISH BY

LOUIS A. LOISEAUX

Tutor of Romance Languages at Columbia College

COPYRIGHT, 1894, WILLIAM R. JENKINS

NUEVA-YORK

WILLIAM R. JENKINS, LIBRERO-EDITOR

851 & 853 SIXTH AVENUE

BOSTON: CARL SCHOENHOF

PERSONAS.

ISABEL.	JESUALDO.
NICANORA.	DON JUAN.
AMPARO.	UN SARGENTO.
DON AGUSTIN.	EL ALCALDE.

Una Criada. Escopeteros. Labradores. Soldados.

La accion pasa en una quinta, en el condado de Niebla. Sala amueblada á la rústica, pero con elegancia y aseo. Puerta en el foro, que por la derecha del actor guia á la escalera y por la izquierda á las piezas interiores ; otra puerta en los bastidores de la izquierda; otra y un balcon en los de la derecha.

ACTO PRIMERO.

ESCENA PRIMERA.

Isabel. Nicanora.

Nicanora.—¡Ea! ya basta de lágrimas y sollozos y pucheros!

Isabel.—Pero ¿cómo quiere V. que no llore y me aflija cuando me obliga á alejarme de esta casa donde he nacido? Dios se llevó á mi madre pocos meses despues de haber yo venido al mundo; mi padre murió tres años há.

Nicanora.—*Requiescant in pace* ambos á dos. ¿Á qué recordarme.... ¿Fuí yo su médico, por ventura?

Isabel.—¿Qué hubiera sido de esta huérfana infeliz sin la caridad de nuestra buena señora, que en paz descanse?

Nicanora.—¡Dále con los mortuorios! Hoy no celebra la Iglesia la conmemoracion de los difuntos.

Isabel.—V. sabe muy bien, doña Nicanora, que el ama me trató siempre con el mayor cariño, y aunque hija de un humilde jardinero, cuidó de darme una educacion esmerada.

Nicanora.—¡Así has salido tan vanidosilla y tan bachillera!

ISABEL.—¡Yo vanidosa! ¿Y en qué lo fundaría? ¿Me queda ya algun apoyo sobre la tierra? Yo esperaba que V. fuese mi protectora; V., á quien el ama me recomendó.....

NICANORA.—Es verdad; pero mi primera obligacion es complacer al nuevo dueño de esta quinta, al hermano y heredero de la difunta doña Dolores, el señor don Agustin de Cevallos. Le espero un dia de estos....

ISABEL.—¿Teme V. acaso que me despida? ¿Podría ser tan inhumano....

NICANORA.—No es inhumano; pero, aunque jóven todavía, pues podrá tener unos....treinta y cinco años, es hombre de costumbres muy severas....

ISABEL.—¡Qué! ¿mi permanencia en la quinta es incompatible con la severidad de sus costumbres? ¿Tan reprensibles son las mias que....

NICANORA.—Todavía no.

ISABEL.—¡Todavía! Pues ¿cree V....

NICANORA.—Tienes diez y siete años; eres agraciada... No tanto como presumes....

ISABEL.—¿Quién le ha dicho á V. que yo presumo...

NICANORA.—Pero lo bastante para inquietarnos á él y á mí.

ISABEL.—Yo no trato de inquietar á nadie.

NICANORA.—No quiero yo decir con esto que tenga temores de que don Agustin se enamore de tu palmito. Eres tú poca persona para cautivar á un filósofo independiente, partidario acérrimo del celibato, por reflexion y por instinto. Pero probablemente no vendrá solo. Los criados madrileños son muy galopines, muy emprendedores. Es muy posible que alguno de ellos trate de seducirte, y á tí misma te conviene mudar de aires para evitar peligros y tentaciones.

ISABEL.—No me tenga V. por tan frágil. Confíe V. más en mi virtud y en su vigilancia.

NICANORA.—¡Mi vigilancia! Harto tengo yo que hacer con el gobierno de la casa sin echarme encima la incumbencia de celarte. ¿Y por qué carga de agua? ¿Y qué hijo me has sacado tú de pila? ¡Pues eso faltaba! ¿Soy yo tu aya? ¿Tengo yo cara de dueña?

ISABEL.—No se enfade V.... Yo no sueño como otras de mi edad con amoríos y devaneos. Todos mis afectos se reconcentran en la memoria de mis padres y de mí benéfica protectora; todos mis galanes son las flores que cultivo y los pajarillos que alimento.

NICANORA.—¡Vaya, vaya!... ahorremos discusiones impertinentes. Ya te he leido la cartilla. Yo sé lo que me hago, y aquí, hoy dia de la fecha, nadie manda sino yo.

ISABEL.—Pero ¿adónde iré, desdichada ...

NICANORA.—No trato yo de que vayas perdida por esos mundos. Si tal hiciera tendría que dar cuenta á Dios. Ya te he buscado un acomodo.

ISABEL.—¿Dónde?

NICANORA.—A pocas leguas de aquí: en la villa de Aracena. Irás á servir....

ISABEL.—¿Á quién?

NICANORA.—Á mi señora doña Ceferina Policarpa de Albornoz y Bahamonde, hidalga solariega, vástago de uno de los troncos más ilustres del condado de Niebla. Es una señora sola, muy morigerada, muy temerosa de Dios....Tiene setenta y cinco años.

ISABEL.—(¡Dios mio!)

NICANORA.—Algo achacosa....

ISABEL.—(¡Pobre de mí!)

NICANORA.—De los treinta dias del mes pasa veinticuatro en la cama.

ISABEL.—¡Y yo tendré que asistirla....

NICANORA.—Claro está. Pero no estarás sola. Además de la cocinera, que es su coetánea, vive con ella su mayordomo, escelente sujeto.... Ese no es de la misma edad.

ISABEL.—Pero....

NICANORA.—El bueno de D. Toribio ya raya en los ochenta.

ISABEL.—¡Vírgen santa! Entre los tres cuentan dos siglos y medio; y yo voy á ser allí la enfermera de todos!

NICANORA.—Cuando eso sea, llévalo por Dios y ganarás el cielo.

ISABEL.—Del jardin al hospital; de las flores al romadizo y al histérico....¡Qué horrible tránsito! Enfermaré del estómago y me moriré en cuatro dias.

NICANORA.—Desde allí buscas otra casa si no te hallas bien.—Aunque yo creo que has de estar perfectamente. Ganarás treinta reales de salario como aquí; y ¿quién sabe.... Si te portas como corresponde, quizá heredes algo de tu nueva señora cuando pase á mejor vida.

ISABEL.—Yo no soy codiciosa. Ni el salario me hace falta. Gracias á la generosidad de mi ama' estoy bien vestida y para mucho tiempo. Téngame V. solo por la comida....

NICANORA.—¡Nada! Ya has oido mi *ultimatum*. No gastemos pólvora en salvas, y anda á recoger tús pingos.

Isabel.—¡Qué crueldad! Espere V. siquiera á que venga D. Agustin, y si él dispone que me vaya, le obedeceré sin murmurar.

Nicanora.—¿Qué se entiende...... Yo tengo ámplias facultades para hacer y deshacer en su ausencia cuanto se me antoje. Yo ejerzo aquí la potestad suprema, á manera de virey ó de nuncio apostólico.

Isabel.—¡Bien está! Me iré....

Nicanora.—Mira que ántes de un cuarto de hora vendrá el arriero que te ha de conducir á Aracena.

Isabel.—Quede V. con Dios....

Nicanora.—Espera, Isabelilla. Te abonaré los dias que van corridos del mes... Once reales....

Isabel.—No los quiero. Échelos V. en el cepillo de las ánimas.

Nicanora.—¡Pobre y soberbia!.... Como gustes.——¡Ah! Llévate si quieres un ramo de flores, ya que eres tan aficionada á ellas. Te lo permito.

Isabel.—¡Eso sí!—Que V. lo pase bien.—(¡Dios mio! ¿qué va á ser de mí!) (*Váse llorando por la derecha del foro.*)

ESCENA II.

Nicanora.

Sí, hago muy bien en quitar de en medio á esa chicuela. Á mí no me gusta su tipo, si he de decir la verdad, pero puede agradar á don Agustin. Diez y siete años, como dice el adagio, nunca son feos, y con esa mónita y ese aire de gatita de Mari-Ramos pudiera muy bien ganarse el afecto del amo con grave detrimento de mi autoridad. Sin rival tan peligrosa y ama de un solteron filósofo, no desconfío de serlo en toda la estension de la palabra.—Segun su última carta, pronto se pondrá en camino para visitar su herencia y tomar posesion de ella. Le regalaré, le mimaré, le adularé... Y ¿quién sabe... Esos celibatones misántropos suelen caer en el garlito cuando ménos lo piensan. La soledad de esta quinta, la frecuencia é intimidad de nuestro trato... ¡Qué diantre! De ménos nos hizo Dios. Con el ausilio de la clara de huevo y el bermellon, todavía es de recibo esta cara....

JESUALDO.—(*Dentro.*) ¡Tia! ¡Tia!

NICANORA.—Esa voz....

JESUALDO.—(*Más cerca.*) ¡Tia!

NICANORA.—Es mi sobrino Jesualdo.—Ya está aquí.
(*Llega Jesualdo por el foro y abraza á Nicanora.*)

ESCENA III.

NICANORA. JESUALDO.

JESUALDO.—Venga un abrazo, tia.

NICANORA.—¿Qué aires te traen por acá? Yo no te esperaba hasta las vacaciones.

JESUALDO.—Yo las he anticipado de propio intento y por una corazonada de las mias. No puedo vivir sin V.

NICANORA.—¡Zalamero!

JESUALDO.—Al lado de V. estoy tan ricamente....

NICANORA.—Lo creo; pero más gusto me darías estudiando en Niebla. Allí te envié para que te hicieras hombre.

JESUALDO.—Pues lo soy. ¡Toma si lo soy! Mire V. si estoy recio y crecido; ¿eh? Me parece que mis diez y ocho años son bien aprovechados.

NICANORA.—Si lo intelectual corresponde á lo físico, nada tengo que desear.

JESUALDO.—Ya; *intellectus apretatus*....

NICANORA.—¡Bien hijo! ¡Ya hablas en latin!

JESUALDO.—Sí, señora. Un latin casero....

NICANORA.—Aquel dómine de Niebla es todo un sabio, y no esperaba yo ménos....

JESUALDO.—Yo le diré á V. Él.... Lo que es él....

NICANORA.—Para servir la capellanía que heredaste el año pasado era indispensable que aprendieses latinidad y lo demás que se requiere á fin de ordenarte....

JESUALDO.—Cierto; pero ya era yo grande para eso, y todo lo que huele á órden me carga á mí de lo lindo.

NICANORA.—¿Qué dices!

JESUALDO.—Que á mí no me entra el latin, clarito; que me revienta el *cujuslibet* y el *uniuscujusque,* y que este cuerpo serrano no se cria para la sotana y el manteo.

NICANORA.—¡Idiota.... pícaro, que me has de matar á pesadumbres!.... ¡Holgazán!.... ¿Por qué no quieres ser clérigo?

JESUALDO.—Porque siento yo otros arranques y otras .... así.... otras evoluciones.... Si los curas se casasen....

NICANORA.—¿Cómo bribon!....

JESUALDO.—Faldas por faldas, estoy por las de las mujeres.

NICANORA.—¡Jesus me valga! Alguna pecadora te habrá seducido....

JESUALDO.—¡Algo de tienda! Como tengo yo este aquel y Dios me ha hecho tan macareno....

NICANORA.—¡Tonto!

JESUALDO.—Todo he salido á mi tia Nicanora.

NICANORA.—Por fin, si son amores honestos y la agraciada es de buena sangre....

JESUALDO.—Dicen que es de la sangre azul, aunque yo no he visto la ejecutoria.

NICANORA.—¡Oiga! ¿Y es guapa?

JESUALDO.—Como unas natas.... Es decir; lo habrá sido, porque ya está algo averiada. Es un garbo.... pretérito y una hermosura de participio pasado.

NICANORA.—¿Mayor que tú, segun eso?

JESUALDO.—Lo ménos me lleva quince años.

NICANORA.—No importa. Siendo rica y de buenas circunstancias....

JESUALDO.—¿Que si es rica? Tiene muchas tierras de pan llevar y dos molinos.

NICANORA.—Entónces, ya se la puede disimular algun defectillo....

JESUALDO.—¡Pués! Y lo que yo digo, á falta de pan buenas son tortas.—Mire V.; yo no la quiero gran cosa; pero ella se muere por mis pedazos....y me dejo querer; porque, como dijo el otro, cuando pasan rábanos.... ¿Está V.?

NICANORA.—No es preciso estar muy enamorado para casarse.

JESUALDO.—No ; lo que es eso....

NICANORA.—¿Qué escucho! ¿Tratarás acaso de engañarla? ¿Pretendes abusar de su credulidad, de su flaqueza....

JESUALDO.—Nada de eso ; pero yo me entiendo y bailo solo y.... Vamos; es imposible que yo sea su marido.

NICANORA.—Pero ¿por qué?

JESUALDO.—¡Toma! porque es casada.

NICANORA.—¡Maldito de cocer!.... Ya podías habérmelo dicho ántes ... Y si tenías ese lio en Niebla, ¿por qué has venido aquí, zanguango?

JESUALDO.—Por una camorra....

NICANORA.—¿Tambien quimerista? ¡Medrados estamos!

JESUALDO.—Ha habido allí la de San Quintin.

NICANORA.—¡Dios soberano!....

JESUALDO.—El marido.... á la cuenta estaba escamado; y sin motivo, porque en honor de la verdad, salvo alguna guiñadura de ojo, tal cual apreton de mano y algun pellizco venial, esta es la hora en que solo hemos pecado por escrito. Pero es el caso que trasantayer, creyendo la indivídua que su marido estaba camino de Ayamonte, me dió una cita en su casa habitacion. Á manera de mochuelo, aunque es mala comparanza, acudo al reclamo entre dos luces, y cate V. que, en igual de la prójima, tropiezo con el prójimo. ¡Demonio de trabacuenta!.... ¡Figúrese V. cómo se quedaría ella; figúrese V. qué carita de pascua pondria él, y figúrese V. qué tripas pondría yo!.... En fin, aquello rematò como el rosario de la aurora. ¡María Santísima y cuánta leña! Luego escapé y él se quedó allí....

NICANORA.—¡Tendido á garrotazos, bañado en sangre... acaso muerto!... ,

JESUALDO.—¡Cá! ¡Sí, sí!....Mis costillas fueron las que pagaron el pato.

NICANORA.—¿Ahora salimos con eso, zamacuco?

JESUALDO.—¡Ay, tia Nicanora! ¡Me arrimó un pié de paliza!....Aun tengo los verdugones....

NICANORA.—¡Anda, cobarde!

JESUALDO.—¿Qué quiere V.? El mismo delito.... Yo tambien tenía garrote, pero.... me quitó la accion, y como estábamos á oscuras, por mor de no sacudir á la otra....

NICANORA.—Calla, calla, que me avergüenzo de ser tu tia.

JESUALDO.—Pero; si yo....

NICANORA.—¡Calla! (¿Si habrá venido el arriero?) (*Se asoma al balcon*). (Sí; abajo está. Ya ha puesto las jamugas.)

JESUALDO.—¿Qué mira V., tia?

NICANORA.—Lo que á ti no te importa. (Ya sale Isabel. ¡Vuelta al lloriqueo! Me corrompe tanta sensibilidad.)

JESUALDO.—No; pues yo he de ver....(*Asomándose.*) ¡Canario, qué buena hembra! ¡Huy! de los cielos celeste, particular.

NICANORA.—¡Aparta de aquí, embeleco!

JESUALDO.—El arriero la sube en brazos....¡Dichoso arriero....y bienaventurado borrico!

NICANORA.—(Se despide llorando la gazmoña....) (*gritando.*) ¡Buen viaje!

JESUALDO.—¡Ay, si fuera yo á las ancas!....

NICANORA.—Ya he dicho que te quites de aquí. ¡Haya mostrenco! (*Le separa dándole un empellon, y cierra las vidrieras.*)

JESUALDO.—(¡Vaya una tia indigesta!)

NICANORA.—Ya se va, gracias á Dios.

JESUALDO.—¿Quién es esa zagaleja?

NICANORA.—La hija del jardinero.

JESUALDO.—¿Aquella chiquilla delgaducha y esmirriada.... ¡Válgame Dios y cómo se ha esponjado en poco tiempo! ¡Cuidado si está chupena y....comestible!

NICANORA.—Vaya, chico, no hay que pasearse por el jardin de los asnos. Ni esa moza se peina para tí, ni volverás á verla en los dias de tu vida.

JESUALDO.—¡Caramba! lo siento, porque me parece que habíamos de hacer los dos buenas migas.

NICANORA.—Calla....Un coche....¿Si será....

JESUALDO.—Me parece que ha parado á la puerta de la quinta.

NICANORA.—(*Abriendo otra vez el balcon y asomándose.*) Sí; es el amo; es don Agustin. Aunque hace años que no le veo, no se me ha despintado. (Afortunadamente, ya ha marchado Isabel y por diferente camino.)

JESUALDO.—Ya se apea.

NICANORA.—(*Á voces y agitando el pañuelo.*) ¡Bien venido! ¡Bien venido!—No le esperaba yo tan pronto...

Salgamos á recibirle, y cuidado con decir alguna cerrilala.

JESUALDO.—¡Bá! ¡Cerrilada! Aunque viniese yo de arar....

———

ESCENA IV.

D. AGUSTIN. NICANORA. JESUALDO.

D. AGUST.—¡Nicanora!

NICANORA.—(*Abrazándole.*) ¡Amo de mi alma! ¡Qué gordo viene V. y que rozagante y qué...¡Otro abrazo!

JESUALDO.—Pido vez, que yo tambien soy de casa.

NICANORA.—Mi sobrino Jesualdo.

D. AGUST.—Sea en hora buena.

JESUALDO.—Servidor de su mercé y de las ánimas benditas. (*Abrazándole.*) ¡Por vida del chápiro verde... ¡Apriete V.!

D. AGUST.—(*Desviándole.*) Basta. Yo agradezco....

NICANORA.—¿Viene V. bueno? ¿No ha habido vuelco ni ladrones ni....

D. AGUST.—No, gracias á Dios.!

NICANORA.—¡Qué contenta estoy de ver á V. Hoy se me quitan diez años de encima.

D. AGUST.—Gracias. No dudo ...

NICANORA.—¡Es tanta la ley que tengo á la familia....

D. AGUST.—Lo creo. (*Viene un mozo con una maleta y una sombrerera.*)

NICANORA.—*Indicando al mozo la habitacion de la izquier-*

da.) Allí.—Vamos, si hoy no me vuelvo loca....Acerca esa silla. (*Entra el mozo en la habitacion indicada, acerca una silla Jesualdo y se sienta don Agustin.*)

D. Agust.—(Me parece que esta mujer es demasiado zalamera.)

Nicanora.—Con que viene V. á vivir aquí de asiento?

D. Agust.—Veremos....Si me va bien; si me prueba el clima....(*Vuelve el mozo de vacío y se retira.*)

Jesualdo.—¿No le ha de probar á V. si esta es la tierra de María Santísima?

Nicanora.—¡Oh! sí; aqui será V. dichoso, léjos del tumulto y de la perversidad de la córte....Todos nos esmeraremos en complacer á nuestro buen amo. Hallará V. la quinta hecha un ascua de oro. No valga que yo lo diga, pero si hay otra mujer más fiel y más gobernosa...

Jesualdo.—¡Y qué manos para hacer un guiso de almejas y aviar un gazpacho! ¡Oh! mi tia es toda una mujer. Créame V. á mí. Yo salgo por ella.

D. Agust.—No hay necesidad.... (Este sandio me divierte.)

Jesualdo.—No tiene más que una falta.

Nicanora.—¿Cómo?....

D. Agust.—¿Cuál?

Jesualdo.—Ese empeño en que yo he de aprender los nominativos y los gerundios.

D. Agust.—¡Oiga! ¡Ya estudias gramática! ¿Cuántos años tienes?

Jesualdo.—Diez y ocho he cumplido en estas yerbas.

D. Agust.—Pues estás adelantado.

JESUALDO.—Desde que se me curaron las cuartanas he dado un estiron....

NICANORA.—¡Hum!....¿No callarás?

D. AGUST.—Déjele V. ....

JESUALDO.—Erre que erre mi tia en que he de ser cura, pero hablando en plata, á mí no me llama Dios por ese camino.

D. AGUST.—Ya, ya lo veo.

JESUALDO.—Y no habiendo de cantar misa, ¿para qué he de estudiar yo esa jerigonza?

D. AGUST.—Tiene razon. Un poco tarde le ha dedicado V. al estudio, Nicanora. Ya es duro Pedro para cabrero.

NICANORA.—Heredó el año pasado una capellanía.... Yo no tengo la culpa de que haya tardado tanto en morirse el último poseedor.

JESUALDO.—¡Buena capellanía! cincuenta ducados de renta.... Para poca salud....

D. AGUST.—Mejor será que le ponga V. á un oficio....

JESUALDO.—¿Oficio? No señor; que aunque pobre soy hijodalgo.

D. AGUST.—¡Oh! Pues no es cosa de mancillar los timbres de tu linaje.... Vamos; tú querrás ser militar..

JESUALDO.—¡Em...Tampoco tengo yo aficion al chopo; maldita.

D. AGUST.—Bien; si tienes hacienda de qué vivir....

JESUALDO.—¿Yo? Naita de Dios. Mi tia me mantiene.

D. AGUST.—Pues ¿qué quieres hacer de tu persona? ¿Para qué piensas tú servir en el mundo?

JESUALDO.—¡Toma! para empleado. Á mí me han dicho que para eso cualquiera es bueno.

D. AGUST.—Sí; á lo menos para cobrar el sueldo.— Esa es una verdad que en España ya no necesita demostracion.

JESUALDO.—V. que tendrá amigos en Madrid, me puede recomendar....

D. AGUST.—¿Yo? (¡Donosa ocurrencia!) Sí; estoy en eso.

JESUALDO.—Yo me contento con cualquier cosa; una plaza de guarda, ó de intendente....

D. AGUST.—Bien; dejemos ahora.... (¡Qué bruto! No pierdo la esperanza de oirle rebuznar.)

NICANORA.—Jesualdo es así,.... sencillote...Pero si V. le protege y le desasna...

D. AGUST.—¡Sí; á eso he venido yo espresamente de Madrid!

NICANORA.—(*En voz baja á Jesualdo.*) ¿Ves? Ya se enfada.

D. AGUST.—(*En voz baja á Nicanora.*) Más fácil sería domesticar á un jabalí.

NICANORA.—¡Pues ya!....No lo decía yo por tanto .. Vaya; ¿no quiere V. tomar alguna cosa?

D. AGUST.—Ahora nada. Lo que quiero es quitarme este polvo.... lavarme... (*Se levanta.*)

NICANORA.—¡Jesus! Al momento. (*Mostrando la puerta de la izquierda.*) Entre V.... Esa habitacion es la que tenía preparada; la mejor y la más alegre....

D. AGUST.—Bien, bien.

NICANORA.—Hallará V. todo lo que necesite; agua, to
halla...

D. AGUST.—Basta.

NICANORA.—¿Quiere V. que le ayude....

D. AGUST.—No hay necesidad.

ESCENA V.

NICANORA. JESUALDO.

NICANORA.—¡Que hayas de ser tan parlanchin y tan
pollino!

JESUALDO.—¡Vaya! Pues ¿qué he hecho yo para que
me requiebre V. de esa manera?

NICANORA.—¿Qué has hecho? Entregar la carta al instante y enseñar la punta de la oreja.

JESUALDO.—Diga V. que su comidilla es echar sermones
y gruñir.... Diga V. que me ha cobrado tírria y múrria
y mala voluntad.

NICANORA.—Nada de eso; pero has dicho tantas tontu-
nas....

JESUALDO.—¡Pues! Y si hubiera callado me llamaría
V. soso, cazurro y estafermo. ¡Nunca ha de acertar
uno....

NICANORA.—En boca cerrada no entran moscas.

JESUALDO.—Dígole á V., tia, que si no fuera V. mi tia..

NICANORA.—¿Eh?

JESUALDO.—(¡Cuidado con la tia!)

NICANORA.—¿Qué ibas á decir, galopin?

JESUALDO.—Nada, tia; pero si ahora tiene V. razon, que me la claven en la frente y venga Dios y lo vea.

NICANORA.—Tengo razon que me sobra. Tus necedades han puesto de mal humor á don Agustin.

JESUALDO.—Al contrario; yo creo que me ha cobrado ya un cariño horroroso. ¿No vió V. como se reia?

NICANORA.—Al principio, sí; pero luego se fastidió soberanamente.

JESUALDO.—¡Eh! cavilaciones de V. El hombre viene, á la cuenta, molido y trasnochado, y no hay que estrañar....

NICANORA.--Sin embargo, te aconsejo que con él midas mucho tús palabras y que procures ganarte su voluntad....

JESUALDO.--Descuide V. Yo le bailaré el agua; yo sabré camelarle.... ¡Pues si á servicial y á don de gentes no me gana á mí nadie! Verá V.... ¡Ah, qué idea! ¡Soberbia idea! Voy corriendo.... V. me dará luego las gracias.

NICANORA.—Espera! ¿Adonde vas?

JESUALDO.— Ya lo verá V. Vuelvo pronto.

NICANORA.—Pero dime...

JESUALDO—Nada; ni con un pujavante me arranca V. mi secreto. Quiero sorprenderle, y á V. tambien. Adios.
     (*Váse corriendo por la derecha del foro.*)

————

ESCENA VL

NICANORA.

¡Oye! ¡Jesualdo!.... ¡Échale un nudo á la cola!
¿Qué proyecto será el suyo? Irá tal vez á la huerta á
coger naranjas para....

———

ESCENA VIL

Don Agustin. Nicanora.

D. Agust.—Nicanora.

Nicanora.—¡Señor!

D Agust.—Siéntese V. y hablaremos un rato de nego-
cios domésticos. (*Se sientan.*)
Mi administrador principal, que reside en Sevilla y
hace poco que ha visitado estas posesiones, me da muy
buenos informes de V.

Nicanora.—(Ya lo creo; como que somos uña y carne.)
Aunque yo no deba decirlo, don Tadeo me hace justicia.

D. Agust.—Tambien mi hermana Dolores se hacía lenguas ponderando las buenas cualidades de V., y yo mismo cuando estuve por aquí el año de catorce tuve ocasion de reconocer en V. una escelente ama de gobierno.

Nicanora.—Señor, V. me favorece demasiado....

D. Agust.—Así, pues, cuando ocurrió el fallecimiento
de mi hermana, de cuya pérdida nunca me consolaré...

Nicanora.—¡Ah! ni yo. ¡Qué señora aquella! Era
una santa.

D. Agust.—Hice de V. la misma confianza que ella

había hecho, y espero no tener que arrepentirme nunca....

NICANORA.—Sé mi obligacion y me atrevo á asegurar que no habrá quien la cumpla mejor en los cuatro reinos de Andalucía.

D. AGUST.—No dudo que se llevará V. bien con mi ayuda de cámara, que llegará un dia de estos con el equipaje.

NICANORA.—Pierda V. cuidado. Yo respetaré sus funciones, siempre que él no invada mi jurisdiccion.

D. AGUST.—Por supuesto; y en cuanto al mayordomo...

NICANORA.—(¡Cielos!) Señor don Agustin, mayordomo y ama de llaves son incompatibles. Si ha de venir ese....funcionario, yo estoy aquí de sobra.

D. AGUST.—Tranquilícese V. Iba á decir que quedará al cuidado de mi casa de Madrid, porque supongo que en esta no me hará falta.

NICANORA.—Ninguna. (¡Un fiscal! ¡Dios nos libre!)

D. AGUST.—Diga V. ¿y aquella chica...la hija del jardinero?

NICANORA.—(¡Maldito! ¡Qué memoria tiene!)

D. AGUST.—¿Cómo no se me ha presentado? Sé que mi hermana la quería mucho, y eso basta para que yo la considere digna de mi proteccion.

NICANORA.—(¡Oh! no eran vanos mis temores.)

D. AGUST.—Ya estará hecha una mujer.

NICANORA.—¡Demasiado!

D. AGUST.—¿Cómo?....

NICANORA.—Quiero decir....Es mujer y no es mujer, porque no sirve para nada. Holgazana, torpe, calavera...

D. Agust.—Temo que la juzgue V. con demasiada severidad. Otras noticias tenía yo....Llámela V.

Nicanora.—¡Qué, señor, si se ha marchado de casa!

D. Agust.—¿Qué dice V.? ¿Y adónde?

Nicanora.—Á un pueblo... No sé cuál. Ella ha dicho que va á servir....

D. Agust.—¿Es posible! Pues ¿tan mal se hallaba aquí?

Nicanora.—Al contrario; estaba como el pez en el agua; pero le ha dado esa ventolera y no ha habido fuerzas humanas....

D. Agust.—¡Qué locura!

Nicanora.—Sin duda no era de su gusto la prudente sujecion en que yo la tenía, y enamorada de algun barbilampiño....Estas muchachas de hoy dia son tan esquivanas y resueltas!....

D. Agust.—¡Válgate Dios!....

Nicanora.—¿Y qué le hemos de hacer? El que bien tiene y mal escoge....Vaya bendita de Jesus. Así nos ahorra cuidados y....

D. Agust.—Tiene V. razon. Pero ¿quién hubiera creido....

Nicanora.—(*Con un grito involuntario.*) ¡Ah! (*Aparece Isabel en el foro con un ramo de flores. Nicanora se levanta.*)

ESCENA VIII.

Don Agustin. Nicanora. Isabel.

D. Agust.—¿Qué le ha dado á V.?

Isabel.—(*Á la puerta.*) ¡Señor!....

D. Agust.—¡Ah!....¿Quién eres, niña?

Isabel.—Isabel la jardinera, muy servidora de V.

D. Agust.—¿Cómo es esto? ¿Pues no me había V. dicho ...

Nicanora.—Yo le diré á V. Ella.... Yo.... (Estoy sofocada.)

D. Agust.—(Á Isabel.) Adelante.

Isabel.—(Adelantándose.) Señor, perdone V. que me atreva....Yo....

D. Agust.—Habla; no te turbes. (¡Qué linda muchacha!)

Isabel.—Al partir para Aracena me dejé olvidado este ramo de flores....

D. Agust.—Bien; prosigue.

Isabel.—Á pocos pasos de la quinta lo eché de ménos. Volviendo á recogerlo, he sabido la llegada de V.; y ya que no me es permitido prestarle otro servicio, me atrevo á dar á V. mi parabien por su feliz viaje y á presentarle, por despedida, estas flores cultivadas por mis manos.

D. Agust.—(Tomando el ramo, que pone luego sobre una mesa.) Gracias, hija mia.

Nicanora.—(¡Hija mia!....Á mí me va á dar algo.)

D. Agust.—(Me cautiva esa modestia...¿Será hipocresía?).... Parece que vuelves arrepentida.... y lo celebro; que, en verdad, has procedido con ligereza, con ingratitud.

Isabel.—¡Yo, señor!....(Nicanora en actitud suplicante y colocada detras de don Agustin, hace señas á Isabel para que no la acuse.)

D. Agust.—¿Qué motivo tenías para empeñarte en huir de esta casa?

Isabel.—¡Huir yo de una casa donde tanto bien me han hecho! No, señor. Me despidió doña Nicanora...

D. Agust.—¿Qué oigo!....¿A quién de las dos he de creer?

Nicanora.—*(En voz baja á Isabel.)* ¡Por Dios....

Isabel.—Sí; me despidió, pero....tal vez no le faltó razon para ello. Tuvimos una reyerta, y acaso....se me escaparía alguna contestacion poco respetuosa....

Nicanora.—(¡Respiro!)

Isabel.—Escuse V. en ella el esceso de su celo, y en mí los pocos años.

D. Agust.—(¡Qué dulzura! ¡Qué bondad! Es un ángel.)

Nicanora.—Con efecto, una y otra necesitamos de la indulgencia de V....

D. Agust.—Basta. Olvídese todo.... Te quedarás en casa, si quieres.

Isabel.—¿No he de querer? ¡Qué alegría! Voy ahora mismo, con permiso de V., á despedir al arriero.

D. Agust.—(¡Pobrecilla!....Era una víctima.)

Isabel.—*(En voz baja á Nicanora; yéndose por el foro).* Ya ve V. que no soy rencorosa.

ESCENA IX.

Don Agustin. Nicanora.

D. Agust.—¡Señora Nicanora!

Nicanora.—(¡Malo! Me apea el don.... He caido de su gracia.)

D. Agust.—Me parece que V. no mira con buenos ojos á esa criatura.

Nicanora.—Nada de eso. ¡Si la quiero tanto....Pero ...., lo que ella misma ha dicho, el esceso de mi celo... Ahora veo que me habían dado malos informes...

D. Agust.—Habiendo oido á V. y á ella, no puedo ya dudar de su inocencia. V. la acusó sin piedad ; ó por mejor decir, V. la calumnió ; ¡y ella, aunque agraviada, la ha disculpado á V.!

Nicanora.—Confieso que ese rasgo de virtud me confunde. Chismosos, que nunca faltan, la habían malquistado conmigo ; pero yo prometo á V. que en adelante...

D. Agust.—Está bien. Tenga V. entendido que yo acojo á esa huérfana bajo mi amparo.

Nicanora.—La miraré de hoy más con ojos de madre. (¡Quién fuera basilisco!)

D. Agust.—Ya le diré yo tambien que no arme disputas con V. Quiero que entre todos mis criados reine la mayor armonía. Yo gusto mucho de la paz, del sosiego, de la quietud, y por eso me he venido á vivir en el campo.

Nicanora.—¡Sabio pensamiento! Aquí tendrá V. una vida de patriarca. Libre como el pájaro, independiente como el aire ; sin vecinos molestos, sin ruido, sin.... (*Suenan tiros*). ¡Jesucristo!

D. Agust. (*Levantándose*).—¿Qué es esto? Ladrones tal vez....foragidos....

Nicanora.—No só.... (¡Ay! me pueden ahogar con un cabello.)

D. Agust. (*Dirigiéndose á la puerta de la izquierda*).—Mis pistolas.... Les venderé cara la vida....

VOCES (*Dentro sin cesar los tiros*). ¡Viva don Agustin!

NICANORA.—¡Quieto, quieto! ¡Si le están á V. vitoreando!

D. AGUST.—¡Cómo!....

VOCES.—¡Viva el señor amo!

NICANORA.—¿Oye V.?

VOCES.—¡Viva! ¡Viva!

———

ESCENA X.

DON AGUSTIN. NICANORA. JESUALDO. ISABEL.

ISABEL.—No se asuste V. Son los mozos de labranza que vienen á saludarle....

D. AGUST.—¿A tiros? (¡Qué barbaridad!) (*Cesan los tiros*)

JESUALDO (*Entrando*).—¡Viva! ¿Qué le ha parecido á V. el fuego graneado; eh? Pues luego.... ¡Ah! Ya está de vuelta Isabelilla (*Saludándola.*) Me recopilo agreste.... (*A don Agustin.*) Pues, señor, á mí me debe V. este agasajo.

D. AGUST.—¿Sí? Gracias. No esperaba yo menos....

NICANORA.—¡Bien, chico; te has portado! Ya ve V. que mi Jesualdo sabe ser obsequioso....

D. AGUST.—Reniego yo de semejantes obsequios y de quien me los hace.

VOCES (*Dentro*).—¡Viva don Agustin! ¡Viva!

NICANORA.—¡Ah! con que ¿usted....Pues yo creía...

D. AGUST.—¿Es esta la tranquilidad que yo buscaba?

NICANORA. (*A Jesualdo*).—Tiene razon. Venir ahora con ese estrépito.... Los vivas, pase; pero los escopetazos....

D. AGUST.—Ni uno ni otro.

JESUALDO.—¡Toma! Con que, en igual de....

NICANORA.—¡Calla!

VOCES.—¡Viva don Agustin!

D. AGUST.—¡No acabarán....

NICANORA.—Deje V.: yo les diré á esos gansos por el balcon..

D. AGUST.—¡No! Esté V. quieta. Ellos no tienen la culpa....(*Dando dinero á Isabel.*) Toma, niña. Dáles eso para que beban á mi salud y díles de mi parte que me hagan el gusto de retirarse; que estoy delicado y necesito descansar.

ISABEL.—Bien, bien. Voy corriendo.

———

ESCENA XL

DON AGUSTIN. NICANORA. JESUALDO.

(*Siguen en la calle los vivas y la algazara.*)

NICANORA.—¿A qué hora quiere V. comer?

D. AGUST.—A las tres.

NICANORA.—¿Y qué le apetece á V.....

D. AGUST.—-Cualquier cosa.

NICANORA.—¿Le gustan á V. las....

D. Agust.—Lo que me gusta ahora es que me dejen VV. en paz y solo.

Nicanora.—Vamos, vamos...

Jesualdo (*A su tia yéndose*).—¡ El demonio del....

Nicanora.—¡ Calla !

————

ESCENA XII.

Don Agustin.

Mucho temo haber errado mis cálculos....(*Suena otro tiro.*) ¿ Qué tal, eh? ¡La independencia!.... (*Al entrar en su cuarto don Agustin se repiten los vivas y suena una descarga.*)

ACTO SEGUNDO.

ESCENA PRIMERA.

JESUALDO.

(*Aparece sentado á una mesa de escritorio. Habrá otra con mantel estendido y dos cubiertos, y un velador con algunos platos.*)

Si esta carta no ablanda su corazon digo que es de piedra berroqueña. Una vez que mi tia me aconseja que haga la rueda á Isabel, desde que ha barruntado que es el ojo drecho de don Agustin, no te hagas de pencas, Jesualdo. Ya la he dicho dos ó tres piropos de refilon, y asi me ha hecho ella caso como por los cerros de Ubeda. No estante, volveremos á la carga, que pobre mendrugo...., digo, pobre importuno.... Apelemos á las cartas.... Mi fuerte es la escritura. (*Repasando una carta que acaba de escribir.*) "Eem....Eem...Eem"...¡De perlas!—-"Uum.... Uum"....¡Guapo!— "Eem"....No cabe más. Ni el dómine la hubiera notado mejor.—Firmaré. (*Escribiendo.*) "Jesualdo Corbejon."—Doblo la esquela.... (*Lo hace.*) Planto el sobrescrito. (*Escribiendo.*) "A Isabel Diaz." (*Se levanta.*) ¡Listo! A la primera....

conjetura que se me presente.... ¡Ah! Ella sube. Guardo el documento.

———

ESCENA II.

Isabel. Jesualdo.

(*Isabel trae una cesta con platos, vasos, etc., para acabar de cubrir la mesa.*)

Jesualdo.—¡Salud, reina mia! ¿Quiere V. que eche una mano?

Isabel.—Gracias. No es menester. (*Va colocando el servicio de mesa.*)

Jesualdo.—¡Huy! No vasos del tabaque, sino piedras del rio sacára yo con los piños si te diese á tí la humorada de mandármelo, cuerpo bueno.

Isabel.—Yo no necesito criados. (Pues ¿no ha dado en perseguirme este moscardon?)

Jesualdo.—Es que sería mucha lástima que esas manecitas de.... (*Va á tomarle una y recibe un bofetón.*)

Isabel.—¡Quite allá!....

Jesualdo.—¡Ay!.... ¡Desagradecida! (¡Vaya un sopapo de mi flor!)

Isabel.—¡Haya mastuerzo, insolente...

Jesualdo.—Vaya, hija, no te amohines. Era una broma...

Isabel.—Yo no gusto de esas bromas, ni le he dado á V. pié para ellas. ¿En qué pesebre hemos comido juntos?

Jesualdo.—¡Ba! no riñamos. Otra vez será. Ya caerás de tu asno. ¡Sobre que me has de querer al fin y al postre!...(*Poniendo la carta en la cesta sin verlo Isabel.*) (Dejo aquí el recado y tomo el tole.) A Dios, cara de rosa... (¡Vaya un modo de santiguar!)

ESCENA III.

Isabel.

El tal Jesualdo es el mayor cernícalo.... Sentiré verme en la precision de decir á su tia que le ponga trabas.—Acabemos de... ¿Qué veo! Una carta en la cesta...(*La toma y lee el sobre.*) ¡Es para mí! ¿Quién... Será suya....¡Bien por Dios! Me ha tomado por su cuenta....Veamos las sandeces que me escribe....¡No! Le hago demasiado favor en leer la carta y podrá presumir....Se la volveré sin abrirla....¡Ah!

ESCENA IV.

Isabel. Don Agustin.

D. Agust.—¡Hola Isabel!.... ¿Es para mí esa carta?

Isabel.—(Ya la ha visto. Le diré la verdad). No señor; es para mí, si el sobre no está equivocado.

D. Agust.—¡Oiga! ¿Con quién te carteas tú?

Isabel.—Con nadie de este mundo. Esta es la primera carta en que leo mi nombre.

D. Agust.—Será de algun amante....

Isabel.—Sospecho que sí.

D. Agust.—¡Como!....

Isabel.—Si puede amar semejante avestruz.

D. Agust.—¿Luego ya tienes algun antecedente.... ¿Quién piensas tú que sea el autor....

Isabel.—Jesualdo.

D. Agust.—¡Ese gaznápiro!

Isabel.—Ha dado en decirme chicoleos....

D. Agust.—Que tal vez no te habrán disgustado.

Isabel.—V. lo va á ver. (*Va á romper la carta y don Agustin la detiene.*)

D. Agust.—¡No! ¿Qué haces? Quisiera ver el estilo epistolar de ese mancebo. Dámela....

Isabel.—Tome V. (*Se la da*).

D. Agust. (*Abriéndola.*) (Si le amara Isabel no sería tan dócil.) Leamos. (*Lee.*)

"Mi más estimada y sandunguera Isabel Díaz: despues de preguntarte por tu salud y demás con todo el respeto y contumelia que pide la usanza y manda la bula, paso á decirte que desde el momento y hora en que te columbré tan lozana y tan de rechupete, tus ojos me han hecho tilin y tu labia y tu intríngulis me tienen descoyuntado. Asi te lo especulizo de mi mano y puño, pues te aconsejo que te camelo con buen fin; y con esto no te canso mas, y Dios te guarde, y perdona la mala letra, los años de mi deseo, como lo desea con suspiros de azúcar y canela este desaforado espíritu q. b. t. m. y es por mar y tierra de todo corazon—Jesualdo Corbejon."

No ha nacido de madres un bribonzuelo más necio y más atrevido. Yo le aseguro....

Isabel.—No se irrite V. señor don Agustin, que eso es

dar importancia á un tonto que no la merece; ántes debe V. reirse como yo de la graciosa carta que me ha escrito.

D. Agust.—No es cosa de risa la temeridad con que se atreve á poner los ojos en tí. ¡Pues es cierto que estarías bien empleada.... Ve á decirle que venga aquí al momento; que yo le llamo.

Isabel.—Por Dios, no le diga V. nada. Va á pensar que yo soy una chismosa..., y á fé que, á no ser por la necesidad de justificarme, nada sabría V.....

D. Agust.—Gastar contemplaciones con ese pícaro es echar margaritas á puercos. Haz lo que te digo, ó creeré que no me has hablado con sinceridad.

Isabel.—Obedezco.

D. Agust.—Que suba tambien su tia.

———

ESCENA V.

Don Agustin.

Cuanto más veo y oigo á esa jóven, más estimacion y más interés me inspira. Pena me da el considerar que, á no ser por una feliz casualidad, ya estaria lejos de mí y para siempre. Ella es la única persona que hasta ahora me ha hecho grata mi mansion en este valle. Tan sencilla, tan despejada, tan humilde.... ¡Oh! Como conserve tan buenas cualidades no echará de menos el patrocinio de mi hermana.

———

ESCENA VI.

Don Agustin. Nicanora. Jesualdo.

Nicanora.—Isabelita ha dicho que V. nos llamaba....

D. Agust.—Sí, señora ; para que V. tenga entendido y sepa ese caballerito que nada tiene que hacer en mi casa.

Nicanora.—(¡Otro desaire! ¡Sea todo por Dios!) Sentiré que alguna inadvertencia de mi sobrino....

D. Agust.—Algo mas que inadvertencias son las suyas.

Nicanora.—Si lo dice V. por la salva de ántes, él no lo hizo con malicia....

D. Agust.—Lo digo porque yo no quiero zánganos á mi lado.

Jesualdo (*Entre dientes*).—Ni yo me he zafado de un dómine para hocicar en otro.

Nicanora.—¡Calla!

D. Agust.—¿Qué estás ahí refunfuñando?

Jesualdo.—Nada. Pero es mucha gaita....

D. Agust.—Vuélvete á Niebla, y cuando hayas aprendido, si nó la gramática, á lo menos á ser racional, podrás volver....

Jesualdo.—Eso de ir á Niebla, será lo que tase un sastre.

Nicanora.—Jesualdo!...

D. Agust.—Como yo no te vea, mas que te vayas al infierno.

Jesualdo.—Es que yo no he venido aquí por su linda cara de V., sino por la de mi tia.

Nicanora.—¡Chit!...¡Maldecido!...Perdónele V., que no sabe lo que se dice.

D. Agust.—Eso es verdad.

Nicanora.—¡Deslenguado! ¡Mala crianza!... Pídele perdon.... (*Aparte á Jesualdo.*) ¡Hum...borrico! ¿No sabes aquello de manos besa el hombre que quisiera ver cortadas?

D. Agust.—No quiero yo que me pida perdon, sino que se vaya.

Jesualdo.—-Ya se irán, ya se irán.

Nicanora.—Si señor; y pronto; ahora mismo. (*En voz baja.*) Aguántate y no te apures. (*Alzando la voz.*) El amo tiene razon. Los amos tienen siempre razon. (*Al oido.*) Cuenta con tu tia. (*Alto.*) Vamos; despídete.

Jesualdo (*Con mal modo*).—¡Abur! (¡Oh! como yo pueda, me las ha de pagar.)

––––––

ESCENA VII.

Don Agustin. Nicanora.

D. Agust.—Tiene V. un sobrino muy cuadrúpedo, sin adulacion.

Nicanora.—¿Qué quiere V.? La falta de trato y de. . Lo que es su índole es buena....

D. Agust.—Podrá ser, pero lo dudo mucho.

Nicanora.—Como V. le ha hablado con tanta severidad. ..No es decir que él no la merezca.... hasta cierto punto....

D. Agust.—¡Nicanora!....

NICANORA.—(¡Nada; no hay don!)

D. AGUST.—V. es su tia, y no estrañó que le mire con indulgencia; pero yo que, entre otras cosas, me he alejado de Madrid por verme libre de mis sobrinos, no vengo con humor de sufrir á los ajenos.

NICANORA.—Ya, ya me hago cargo....

ESCENA VIII.

DON AGUSTIN. NICANORA. ISABEL.

ISABEL.—La señorita doña Amparo, vecina nuestra, desea hablar á V.... .

D. AGUST.—¡Ah! Que pase adelante.

ESCENA IX.

DON AGUSTIN. NICANORA.

NICANORA.—(¡La sevillana! ¡Otra juventud! ¡Otra hermosura!.... ¡Mala me he puesto!)

D. AGUST.—No tengo el honor de conocer.....

ESCENA X.

DON AGUSTIN. NICANORA. AMPARO.

AMPARO.—Caballero....

D. AGUST.—Sea V. muy bien venida á favorecer mi casa.

AMPARO.—Yo soy la favorecida.

NICANORA.—(*Mientras don Agustin ofrece á Amparo una silla y ambos se sien'an.*) (Me haré la remolona....)

AMPARO.—Temo que mi visita sea inoportuna....

D. AGUST.—¡Oh! de ningun modo.

AMPARO.—V. iría á comer... (*Nicanora arregla la mesa.*)

D. AGUST.—Todavía no; y en todo caso me haria V. mucho honor aceptando mi mesa.... (¡Hermosa cara!)

AMPARO.—Muchas gracias, caballero. Yo no cómo nunca fuera de mi casa.

NICANORA.—(No le ha parecido saco de nueces la Amparito.)

D. AGUST.—Dígame V. si puedo servirla en algo, lo cual me servirá de mucha satisfaccion.

NICANORA.—(¡Miren el filósofo!...)

AMPARO.—Desearía hablar con V. á solas.

D. AGUST.—Nicanora, háganos V. la fineza de....

NICANORA.—Entiendo. (¿Si querrá conquistarle.... Un clavo saca otro clavo ...Y á todo túrbio correr, más vale ser destronada por esta que por la otra.)

ESCENA XI.

AMPARO. DON AGUSTIN.

D. AGUST.—Hable V. Ya estamos solos.

AMPARO.—Soy huérfana y vivo con una tia mia, que no me acompaña por estar enferma, en una casita de campo muy inmediata á esta. Hace algunos meses que he venido á tomar posesion de una corta herencia, único resto de la fortuna de mi padre, comerciante de Sevilla, que de vuelta de Ultramar naufragó con un buque cargado de ricas mercancías. He sabido la llegada de V. y, como vecina, vengo á ofrecerle mis respetos.

D. Agust.—Agradezco sobremanera la fina atencion de V., y á haber sabido que residía en la vecindad tan apreciable dama, me hubiera anticipado á visitar á V. como era de mi obligacion.

Amparo.—Confieso que eso hubiera estado más en el órden ; sobre todo, siendo V. soltero, como acaban de decirme.

D. Agust.—Sí, señora ; y probablemente lo seré toda mi vida (Ahí va esa por si acaso.)

Amparo.—Tendrá V., sin duda, mala opinion de las mujeres. . . .

D. Agust.—Nada de eso. Yo estimo y venero al bello sexo, como es justo ; y si tuviese alguna prevention contra él, la presencia de V. bastaría á desvanecerla.

Amparo.—Gracias.

D. Agust.—(¿Qué embajada será esta? Estemos en guardia...) No desconozco los inconvenientes del celibato, pero soy muy celoso de mi independencia y temo que me priven de ella los lazos del matrimonio.

Amparo.—En buen hora. No seré yo quien combata tan prudente propósito, ni ese es el objeto de mi visita.

D. Agust.—Ni yo soy tan fátuo que pueda presumir... (No es coqueta ; ¡ milagro ! "

Amparo.—Es el caso que convencida yo de mi inutilidad para dirigir la labranza, y sin medios para hacer productivas las heredades de mi pertenencia, he resuelto enajenarlas. Si las saco á pública subasta, escribanos y jueces y agrimensores devorarán la mitad de su escaso valor. Acaso podrá convenir á V. la adquisi- cion de esas tierras por lindar con las suyas; le tengo por hombre de honor, y si quiere comprármelas....

D. Agust.—Bien, señorita; yo pasaré hoy mismo á ponerme á los piés de V. y á los de su respetable tia. Veremos esas heredades.... Aunque desde ahora opino que será mejor que V. las conserve, y si para ello necesita V. algun dinero, no tengo inconveniente en adelantárselo....sin interés alguno.

Amparo.—¡Caballero!... (Es benéfico y generoso, ya no puedo dudarlo ni arrepentirme de mi resolucion.) (Se levanta y tambien don Agustin.) Doy á V. infinitas gracias por tanta bondad; tomaré sus consejos y me atrevo á confiar á tan digno protector mi orfandad y mi inesperiencia.

D. Agust.—Me permitirá V. que la acompañe....

Amparo.—Oh! no lo consiento; ni hay necesidad de que V. se incomode. Abajo espera mi criado....

D. Agust.—No replico.

Amparo.—Muy servidora de V.

D. Agust.—Beso á V. los piés, señorita.

———

ESCENA XII

D. Agustin.

Bella persona es la vecina, y á fé que en este rincon de España no esperaba yo verme rodeado de tantas seducciones. Esto es ya otra cosa que la serenata de pólvora y las brutalidades de Jesualdo.

ESCENA XIII.

D. Agustin. Nicanora.

Nicanora.—(*Poniendo sobre la mesa un platillo con aceitunas.*) Son las tres. Cuando V. guste se servirá la comida.

D. Agust.—Al instante.

Nicanora.—(*A la puerta del foro.*) ¡Muchacha! La sopa!

D. Agust.—(*Sentándose y tomando una aceituna.*) De la reina; ¡bravo!

Nicanora.—Y aderezadas por estas manos que, aunque me esté mal el decirlo....

D. Agust.—Son esquisitas....

Nicanora.—Favor que V. les... que V. me hace. (No me invita á sentarme, aunque con esa esperanza hice poner dos cubiertos. (Este hombre es un cafre.) (*Llega Isabel con la sopera, que pone sobre la mesa, y una criada con otros platos que deja sobre el velador.*)

ESCENA XIV.

Don Agustin. Nicanora. Isabel. Una Criada.

Nicanora.—¿Quiere V. que le haga plato?

D. Agust.—(*Haciéndoselo él.*) No es necesario. Agua es lo que quisiera....

Nicanora.—Voy volando. No la he traido ántes porque estuviera mas fresca.

ESCENA XV.

D. Agustin. Isabel. La Criada.

D. Agust.—Ahora veo que hay dos cubiertos....
¿Sabes tú, Isabel, si había de venir algun convidado?

Isabel.—No, señor: como por parte de V. no haya de
venir alguno....

D. Agust.—(¡Ah qué idea!.... Voy á dar una leccion
al ama de gobierno.) Pues ese cubierto no ha de
quedar desairado. Así como así, me da tristeza el
comer solo.... Acerca una silla, Isabel; me harás
compañía....

Isabel.—Señor, tanta honra.. .Yo no debo....

D. Agust.—Siéntate. Ya puedes suponer que no lo digo
por cumplimiento.

Isabel.—Pero.... Si me dá tanta vergüenza....

D. Agust.—¿Por qué? Me darás mucho gusto en
comer conmigo. Yo lo deseo, y si es menester te lo
mando.

Isabel.—(*Tomando una silla y acercándola á la mesa.*)
Bien, señor. Yo estoy obligada á obedecer á mi amo.
(*Se sienta.*)

D. Agust.—Te haré plato. (*Lo hace.*)

Isabel.—No; yo misma ... ¡Jesús! Me´hace V. salir
los colores....

———

ESCENA XVI.

D. Agustin. Isabel. Nicanora. La Criada.

(*Llega Nicanora con otro principio en la mano derecha y
en la izquierda una botella con agua.*)

Nicanora.—Aquí está el agua, que mas fresca no la

bebe el rey; como que ha estado en el sótano... (*Sorprendida al ver á Isabel comiendo con don Agustin, deja caer la botella. La criada acude á recoger los cascos.*) (¡Dios poderoso!....)

D. Agust.—¿Qué es eso? Ha roto V. la botella.... Voto á Cribas!....

Nicanora.—Es que.... La.... Cuando.... (¡No me queda más que ver!)

Isabel.—(*Queriendo levantarse.*) Yo iré por otra....

D. Agust.—¡Quieta! (*A la criada.*) Anda tú, muchacha. (*Váse corriendo la criada.*)

Nicanora.—(*Dejando sobre el velador la fuente que trajo.*) (¡Atroz insulto! ¡Horroroso despotismo!)

D. Agust.—Veo, señora Nicanora....

Nicanora.—Perdone V. señor don Agustin; así se llama á las mujeres del estado llano. Yo, aquí donde V. me ve, soy doña por los cuatro costados.

D. Agust.—¡Ah! no lo sabía. Pues, señora doña Nicanora de mi alma, iba á decir á V. que aplaudo mucho su sincera reconciliacion con esta niña.

Nicanora.—¡Yo!.... ¿Por qué lo dice V.?

D. Agust.—¿Qué más prueba que haber V. puesto en mi mesa otro cubierto para Isabel?

Nicanora.—(¡Para ella! ¡Quisiera bramar!) Yo no soy rencorosa; pero si esa ... señorita ha tenido la petulancia de creer que el cubierto era para ella, me ha atribuido una galantería de que estaba yo muy distante.

D. Agust.—(¡Qué mosca tiene doña Nicanora!)

Isabel.—El amo sabe muy bien que no he tenido semejante idea y que ha necesitado hacerme muchas instancias para que yo aceptase un puesto que no me corresponde.

D. AGUST.—Cierto. Yo la he convidado, y espero que no me reprenderá V. por eso. (*Vuelve la criada con otra botella de agua y la pone en la mesa.*)

NICANORA.—No señor. V. es el que manda, y aunque me degrada mucho una preferencia tan...

D. AGUST.—Tan absurda ¿eh?

NICANORA.—No digo eso; pero, en fin, no esperaba yo que tan pronto ... una favorita....

D. AGUST.—Vaya, no lo tome V. tan á pechos, doña Nicanora. (*A Isabel.*) ¿Qué va á ser de nosotros si hace dimision? (*La criada retira los platos soperos y pone otros.*)

NICANORA.—Si esa es una indirecta para despedirme...

D. AGUST.—¡Ni por pienso! ¡Yo despedir á una ama tan ilustre.... y tan primorosa para aliñar aceitunas! .... Ya puede V. llevarse la sopera.

NICANORA.—(¡Que tortura!....) Al instante....

D. AGUST.—¿Qué veo! Le tiemblan á V. las manos...

NICANORA.—Algo.... Los nervios.... Siempre que hay tramontana....

D. AGUST.—Déjela V.... (*A la criada.*) Tómala tú. (*La criada retira la sopera.*)

NICANORA.—(De cólera tiemblo.)

D. AGUST.—Está V. descolorida....

NICANORA.—Sí; no me siento muy buena.

D. AGUST.—¡Voto á sanes!.... Pues ea, retírese V. y cuidarse. Esa moza basta para servirnos. (*La criada continúa sirviendo á la mesa.*)

NICANORA.—Pues con permiso de V....

ISABEL.—(*En ademan de levantarse.*) ¿Quiere V. algo? Iré....

NICANORA.—(*Con aspereza.*) No quiero nada.

D. AGUST.—(*En voz baja á Isabel.*) No te muevas.

NICANORA.—(*Yéndose.*) (¡Cómo se relame el arrapiezo! .... ¡Hum.... si se le volviera rejalgar....)

———

ESCENA XVII.

DON AGUSTIN. ISABEL. LA CRIADA.

ISABEL.—¡Cómo siento que la haya V. mortificado tanto!

D. AGUST.—Me encocóra mucho esa mujer.

ISABEL.—No hay motivo....

D. AGUST.—Sí; te echó cruelmente de mi casa....

ISABEL.—Olvídelo V. como lo olvido yo.

D. AGUST.—Y es muy zangoñeta.... y es tia de Jesualdo.

ISABEL.—Pensará que yo he metido cizaña....

D. AGUST.—Que piense lo que quiera. Yo no tengo que dar cuenta de mis acciones ni á ella ni á nadie. Soy independiente.

ISABEL.—La pobre se sentía indispuesta....

D. AGUST.—No será cosa de cuidado. Ya la he mandado retirarse por consideracion á su salud y á mi bajilla. Hablemos de otra cosa. ¿Conoces tú á la señora que vino ántes?

Isabel.—¿A doña Amparo? Yo no la he tratado. Lo que puedo decir es que vive ahí cerquita con una tia suya....

D. Agust.—Ya lo sé.

Isabel.—Anciana é impedida; que es una jóven muy recogida de quien nadie habla mal.... Apénas se la ha visto fuera de su casa desde que vino de Sevilla.

D. Agust.—¿No recibe visitas?

Isabel.—Que yo sepa, ninguna, escepto el médico del pueblo inmediato, que asiste á su tia, y es hombre ya entrado en años.

D. Agust.—(Qué alma tan bella la de esta niña! De nadie habla mal.) No sabrán acaso los jóvenes del pais que reside en él tan buena moza....

Isabel.—¡Y mucho que lo es! Yo no he visto señorita con más gracia y más.... Y tiene mucho ángel en aquella cara.

D. Agust.—(¡Tampoco es envidiosa!) Tu elogio es tanto más laudable cuanto ménos indulgentes suelen ser las mujeres cuando juzgan á otras.

Isabel.—Si me parece bonita, ¿por qué no lo he de decir?

D. Agust.—Pues, sin embargo, aun eres tú más linda que ella.

Isabel.—No es posible. ¿Cómo puedo yo compararme... Yo, hija de un rústico, criada sin melindres al aire y al sol...

D. Agust.—¿No te miras al espejo?

Isabel.—Sí señor, todos los dias cuando me peino.

D. Agust.—Y qué opinas de tu cara?

Isabel.—Opino... que no es para espantar al coco.

D. Agust.—¡Ningun hombre te ha dicho que eres hermosa?

Isabel.—El primero y único que me lo ha dicho es Jesualdo; pero como es tan simple, es muy posible que le hayan engañado los ojos.

D. Agust.—No, no le han engañado. Yo no tengo telarañas en los mios y te aseguro que eres muy bella.

Isabel.—Sería una descortesia el desmentir á V. y una temeridad el presumir que mi señor se proponga lisonjear á su humilde criada.

D. Agust.—No. Te lo digo como lo siento.

Isabel.—El parecer bien á nadie disgusta: pero aunque otras se llenarían de orgullo al oir palabras tan agradables, yo no las interpreto sino como una prueba más de la bondad de V. (*La criada se retira llevándose lo que pueda del servicio de mesa.*)

D. Agust.—(¡Si digo que es un tesoro! Ahora la daría yo...¡Ténte Agustin! ¿Y la independencia? (*Se levanta y tambien Isabel.*) ¿Qué haría yo ahora, no durmiendo la siesta?

Isabel.—(*Desocupando la mesa.*) No sé.... Podría V. dar un paseito á caballo despues de tomar café.

D. Agust.—Dices bien. ¿Llegó el caballo que mandé comprar en Sevilla?

Isabel.—Sí señor, ya hace dos dias. Un tordillo de muy buena estampa.

D. Agust.—Pues házme el favor de mandar que me lo ensillen, y entretanto dispondrás que nos sirvan el café en el jardin.

Isabel.—Sí, señor, pero no me iré con las manos vacías. (*Entre Isabel y la criada, que ha vuelto, recogen y se llevan el resto del servicio de mesa.*)

D. Agust.—Deja, no.... (Sí, dejémosla que trabaje y así no olvidaré la distancia que nos separa.)

ESCENA XVIII.

Don Agustin.

Tomaremos juntos el café, porque ya lo he dicho; pero no vuelvo á sentarla á mi mesa. Quien quita la ocasion quita el peligro. Doña Nicanora ya tasca el freno; los demás criados murmurarán.... Isabel es demasiado humilde para consorte mia.... ¡Consorte! Solo de pronunciar esta palabra me horripilo. Por otra parte, abusar de su candor, de su inocencia, sería una felonía....

ESCENA XIX.

Don Agustin. Nicanora.

Nicanora.—Vengo á dar á V. una mala noticia, Sr. D. Agustin.

D. Agust.—¿Mala noticia? Pues ¿qué ocurre?

Nicanora.—Anteayer trajeron para V. un caballo tordo....¡Soberbio animal!

D. Agust.—Yo lo sé. Justamente acabo de mandar que lo ensillen para dar un paseo....

Nicanora.—Lo siento; pero tiene V. que renunciar á ese gusto.

D. Agust.—¿Por qué?

Nicanora.—¡Animalito!

D. Agust.—¿Le ha dado algun torozon?

Nicanora.—Peor que eso.

D. Agust.—¿Ha muerto?

Nicanora.—Lo han requisado para la remonta del ejército.

D. Agust.—¡Por vida...

Nicanora.—Aquí tiene V. el recibo....(*Le da un papel que D. Agustin lee para sí.*)

D. Agust.—Con que ¿se lo han llevado?

Nicanora.—Sí, señor.

D. Agust.—Bien podía V. haberme avisado....

Nicanora.—Por no hacerle á V. levantar de la mesa... Y además, era inútil. Los comisionados no tienen espera ni admiten escusas.

D. Agust.—¿Quién sabe si yo lo hubiera salvado....

Nicanora.—¡Imposible! La órden es terminante y, lo que dijo el mariscal, ni el caballo de Santiago se libra de la requisicion.

D. Agust.—¡Estamos frescos! ¿Es esta la independencia á que yo aspiraba? ¡Ni soy dueño de pasear á caballo!

Nicanora.—(Me alegro por el ultraje que me has hecho.) Dicen que lo pagarán...

D. Agust.—Sí; en tres plazos: tarde, mal y nunca.

Nicanora.—Lo han tasado en veinticinco doblones....

D. Agust.—¡Lindo! ¡Y á mí me ha costado ciento!

ESCENA XX.

Don Agustin. Nicanora. Isabel.

Isabel (*Llega azorada*).—¡Ay, señor! ¿No sabe V. lo que pasa?

D. Agust.—¿Otra calamidad? ¿Te quieren requisar á tí tambien?

Isabel.—¡Eh! no, señor... Luego que mandé ensillar el tordo...

D. Agust.—¡Échale un galgo!

Isabel.—¡Qué! ¿Lo han robado?

D. Agust.—Poco ménos. Prosigue.

Isabel.—A mi salida del cenador de las lilas, donde acababa de dejar la bandeja con el juego de café, oigo un quejido.... Me acerco á la tapia del jardin que cae á la espalda de la quinta y veo al otro lado de la verja.... ¿Qué dirá V.? Un gran canasto de mimbres y dentro del canasto una criatura....

D. Agust.—¡Cielos!....

Nicanora.—¡Válgame Santa Lutgarda! ¡Válgame San Ramon Nonato!

Isabel.—Un niño cómo de un mes de edad, muy robusto....

D. Agust.—Bien; ¿Y qué tenemos con eso? Por allí estaría su madre....

Isabel.—No sé.... Yo abrí la verja y á nadie ví.... ¡Es un expósito!

D. Agust.—Que lo sea. Mi casa no es inclusa.

Isabel.—Tenía este papel prendido á las mantillas con un alfiler.

D. Agust.—(*Leyendo el papel que le entrega Isabel*). "Su desgraciada madre lo recomienda á la caridad del señor don Agustin."—¡Esto nos faltaba! ¡Yo pagar culpas ajenas! Yo prohijar lo que otro....

Nicanora.—No lo reciba V. Eso es una infamia.

Isabel.—¿Y qué va á ser del pobrecillo? Ni en la miserable aldéa cercana, ni en todas estas inmediaciones habrá quien le recoja si V. le abandona....

D. Agust.—Pero, hija mia, ¿Cómo quieres tú que yo, sin comerlo ni beberlo....

Nicanora.—¡Nada; aquí no cargamos con el mochuelo!

Isabel.—¡Ah, señor! V. no tiene hijos....

D. Agust.—¿Y por eso me han de encajar los del prójimo?

Isabel.—Si viera V..... ¡Es tan hermosa!....

D. Agust.—Sí será; pero no es mio.

Isabel.—¡Lloraba el angelito de Dios....

Nicanora.—Que llore en hora buena; se lo ahorrará de.... Nosotras no podemos darle de mamar. ¡Vaya que es frescura y desvergüenza....

Isabel.—Eso es lo de ménos. Se le busca una nodriza....

Nicanora.—¿Nodriza? ¡No en mis dias!

Isabel.—Miéntras tanto, la mujer del aperador, que está criando, le dará de pechos....

Nicanora.—De ningun modo.

D. Agust.—Abandonarle es muy duro; mas por otra parte....

NICANORA.—Señor don Agustin, la chanza es muy pesada....

D. AGUST.—En efecto....

NICÁNORA.—Mire V. lo que hace. Porque su madre sea pecadora y desnaturalizada, no es justo comprometer la reputacion de mujeres honradas que no son madres.

D. AGUST.—Tiene razon. Si la malicia....

ISABEL.—¡Ah! ¿Qué me importa lo que pueda inventar la malicia? ¿Hay acaso contra ella ninguna honra segura? Dios sabe mi inocencia, y mi amo y señor no duda de ella: esto me basta.

D. AGUST.—Tranquilízate, Isabel. Yo te amparo y te defiendo, y si álguien osára calumniarte, se acordaría de mí.

ISABEL. (*Besándole la mano.*)—¡Mi querido amo! ¡Mi único padre!....Pero considere V. que con cerrar su puerta á ese desventurado niño no me libra de los tiros de la envidia y de la calumnia. Basta que el ángel inocente haya llorado en los umbrales de la quinta, y que yo me haya interesado por él, para que me levanten un falso testimonio los que sean capaces de tanta maldad. Pero no; no lo tema V. Yo no he hecho mal á nadie. ¿Por qué he de tener yo tan perversos enemigos? ¡Oh! Recíbale V., señor. No por vanos escrúpulos deje V. de hacer una obra buena. Oiga V. solo lo que le dicta su corazon compasivo, y no serán inútiles mis lágrimas, mis ruegos....Sí; de rodillas se lo suplico á V..... (*Se arrodilla sin poderlo impedir don Agustin.*)

D. AGUST.—¿Qué haces? Levanta....(Me enternece.)

NICANORA.—(¡Me degüella!)

ISABEL.—No dejaré de abrazar estas rodillas hasta que

V. me prometa abrir sus brazos al huérfano.... Yo también lo soy; ¿y no he de rogar por mis semejantes? Mire V. que si me dice que nó, me voy á enfadar y le llamaré despiadado y egoista.

D. Agust.—¡No más! Levanta...(Esta chiquilla hará de mí lo que quiera.) Recogeremos al párvulo.

Isabel. (*Levantándose.*)—¡Ah! Dios le bendiga á V.

Nicanora.—Pero ¡señor! ¿Es posible....

D. Agust.—Sí, que para resistir á clamores tan elocuentes es preciso tener el alma de risco.... ó ser ama de gobierno.

Nicanora.—(Hum!....)

D. Agust.—Sí, señora; le abrigaré en mi seno, le meceré en la cuna, le sacaré de pila....

Nicanora.—(¡Hin! ...)

Isabel.—Pues vamos corriendo, por Dios, que si tardamos podrá morirse....

D. Agust.—Sí, sí...(¡Cargar yo con esa plepa! ¡Voto á Briós!....¿Pero qué remedio....)

Isabel.—¡Señor!....

D. Agust.—Vamos, vamos.

ESCENA XXI.

Nicanora.

Esto es hecho. ¡Ya le ha embaucado esa hipócrita! Se le caerá la baba con el pelon advenedizo; será capaz de prohijarle el muy sándio.... y entre las lagoterías de la huérfana, y los piuitos del huérfano.... Pero, señor,

¡esto se ha convertido en un hospicio!....Y para colmo de desdichas vendrá una ama de cria záfia pedigüeña, enredadora.... ¡Oh qué horror! Quisiera no haber nacido. Quisiera que esta cara no fuese mia...para cruzármela á bofetones. (*Váse por la puerta de la derecha.*)

ACTO TERCERO.

ESCENA PRIMERA.

Don Agustin.

¡Sobre que no puedo olvidarme del canasto....
¡Vaya que es pejiguera!.... El chico es como una plata, eso sí; pero me pone en un compromiso de mil demonios....De pensar en ello apénas he podido pegar los ojos en toda la noche. Ahora van á creer que yo soy su padre y que he urdido una farsa para cubrir el espediente. De cualquier modo, tendré que hacer con él oficios de padre, y héme aquí con todas las incumbencias é incomodidades de la paternidad sin gozar de sus placeres .. No porque yo piense adoptar á ese mamon llovido del cielo; pero siempre es una carga.... ¿Quién sabe si alguna desgracia pone á sus padres en la triste necesidad de ocultarse.... Los buenos pañales que envolvían á la criatura manifiestan que la indigencia no ha sido causa de su abandono. Algun dia tal vez....

ESCENA II.

Don Agustin. Isabel.

Isabel. (*A la puerta del foro.*)—¿Da V. permiso?

D. Agust.—Sí, querida. Tú siempre lo tienes.

Isabel.—¡Vengo tan contenta.... Ya tenemos nodriza.

D. Agust.—¿Sí? Vaya; sea en hora buena.

Isabel.—Una mocetona como un castillo, sana, robusta, de buena pasta....

D. Agust.—(¡Me va á comer un lado!)

Isabel —Ahora está dando de mamar á nuestro ahijado y le muestra tanto cariño como si le hubiera parido.

D. Agust.—¿Oyes?.... Todo podria ser. La industria de la maternidad ha progresado mucho en todos sus ramos.

Isabel.—No, señor. ¡Si la nodriza es casada y todos la conocemos en casa! Destetará á su niño, que ya tiene catorce meses.

D. Agust.—Volvámosla, pues, su crédito.

Isabel.—En el canasto habia abundante envoltura para mudarle.

D. Agust.—Vamos....; pleito por menos.

Isabel.—Por cierto que ahora al desocupar el canasto he hallado en el fondo esta carta.

D. Agust. (*Tomándola.*)—Veamos....Esto puede que nos dé alguna luz. El sobre es para mí. Pronto me he hecho yo popular en esta tierra.

Isabel.—Su nombre de V....Sus riquezas....Si fuera V. un cualquiera, nadie hubiera hecho alto....

D. Agust. (*Despues de abrir el pliego*).—Leamos.—"Se suplica al señor don Agustin que conserve el papel adjunto, mitad del que guarda la madre de este niño, y con el cual se dará algun dia á reconocer."—¡Esto pica en historia! Aquí está el papelito, cortado irregularmente para que solo pueda casar con el pedazo que le corresponde y dice así:—"Este niño se llama José.... Está bautizado en la villa de...."—Bien; no es malo que nos ahorremos el bateo.—"Y sus padres se llaman don ... y doña ..." Puntos suspensivos.—¡Hemos adelantado bastante! Ni el mismo Edipo acertaría esta quisicosa. (*Guarda los papeles.*)

ISABEL.—Yo compadezco á esa madre, que es mucho tormento haber de renunciar á las caricias de un hijo; aunque, á decir verdad, mal ha hecho en apartarle de su regazo.

D. AGUST.—¿Qué sabemos?... Acaso no estará casada y porque no ande su honor en las lenguas del vulgo....

ISABEL.—¡Buen modo de entender el honor! ¡Hubiera mirado ántes por él y hoy no tendría que temer las hablillas de las gentes!

D. AGUST.—Habrá pagado como otras su tributo á la inesperiencia, á la fragilidad de su sexo. Víctima tal vez de algun infame seductor....

ISABEL.—¿Y qué culpa tiene el inocente niño de que elle fuese seducida? ¡El qué dirán.... ¡El honor!.... Ahora con ser mala madre se deshonra dos veces.

D. AGUST.—¡Oh Isabel!.... Eres.... (Ya vuelve á peligrar mi independencia.) Tienes muy buenos sentimientos, Isabelita. Tu serás un dia tierna esposa y escelente madre.

ISABEL.—¡Calle V., señor! ¿Quién piensa en eso?

D. AGUST.—Nada tendria de particular; ni tú serias culpable si alguna vez te asaltasen las ideas que á otras de tu edad causan tantos desvelos.

ISABEL.—¡Oh! le aseguro á V. que ningun deseo, ningun cuidado turba la quietud de mi sueño.

D. Agust.—Sin embargo, yo tendré mucha satisfaccion en verte honrada y decentemente establecida. Deseo muy de veras que seas feliz y no omitiré diligencia para conseguirlo.

Isabel.—¡Ah, señor! ¿No lo soy bastante con los favores que V. me prodiga?

D. Agust.—Con tus bellas dotes naturales, y la que yo te daré, no dejará de presentarse á solicitar tu mano algun jóven más digno de tí que ese hotentote de Jesualdo.

Isabel.—¡Válgame Dios! Me hace V. saltar las lágrimas con tanta... Yo no tengo prisa de casarme; yo no ambiciono otro estado.... Al contrario; la sola idea de separarme de mi buen amo me entristece. Mas ya que le tengo á V. en lugar de padre, debo ser dócil á sus consejos y respetar sus preceptos. Si algun dia tiene V. á bien disponer de mi mano, yo se la daré á quien V. me mande.

D. Agust.—Bien: no te arrepentirás.... (¡Diantre de chica!....Se me va entrando en el corazon como Pedro por su casa.)

Isabel —¿Tiene V. algo que mandarme?

D. Agust.—Quisiera que.... No; no quiero nada.

Isabel.—Pues con licencia de V. me retiro. (*Váse por la izquierda del foro al llegar por la derecha del mismo Nicanora.*)

D. Agust.—Anda bendita de Dios (¡Ay!....)

_____

ESCENA III.

Don Agustin. Nicanora.

Nicanora.—(¿No digo? Siempre juntos. ¡Qué inmoralidad! Qué escándalo!) Señor, ahí está un militar que desea hablar con V.

D. Agust.—Dígale V. que entre y déjenos solos.

Nicanora. (*Desde el foro.*)—Pase V. adelante.

ESCENA IV.

Don Agustin. Don Juan.

D. Juan.—(*Desciñéndose un capote militar y descubriendo el uniforme é insignias de capitan de caballeria.*) Beso á V. la mano.

D. Agust.—Beso á V. la suya, caballero. Ruego á V. que tome asiento.

D. Juan.—No; bien estoy. Estimo el favor de V.

D. Agust.—Si tiene V. algo que mandarme....

D. Juan.—Sin saber quien la habita, me encaminaba á esta casa, y cuando un mozo, ahí cerca, me ha dicho que vive en ella el señor don Agustin de Cevallos....

D. Agust.—Muy servidor de V.

D. Juan.—Muy señor mio.—Con tan buena noticia, no he vacilido en entrar, pues siendo V. hermano de mi señora doña Dolores Cevallos de Aguilera, á quien tuve la honra de tratar, no puede V. ménos de tener nobles sentimientos....

D. Agust.—Gracias por la buena opinion.... (Este viene á pedirme dinero.) Hable V. sin reparo....

D. Juan.—En una palabra, señor don Agustin, yo soy un desgraciado....

D. Agust.—(¿Qué he dicho yo?)

D. Juan.—Un proscripto....

D. Agust.—(¡Diablo!)

D. Juan.—Que viene á implorar la proteccion de V.

D. Agust.—(¡Otra misa sale!)

D. Juan.—Cuando el grito de las Cabezas.... Ya sabe V....

D. Agust.—Cabezas.... Grito.... (¿Qué dice este hombre?)

D. Juan.—Hablo del grito de libertad dado por las tropas del ejército espedicionario en el pueblo de....

D. Agust.—Sí, sí; de las Cabezas de San Juan. Perdone V. La mia está un poco.... (¡Dios nos asista!)

D. Juan.—Yo pertenezco á la columna de *Riego.*

D. Agust.—Sí; ya infiero....

D. Juan.—Ya bastante disminuida por la activa persecucion de las tropas realistas, muy superiores en número, fué pocos dias há derrotada y dispersa en el ataque de Moron. El caudillo *Riego* busca un refugio en Portugal con pocos de sus más fieles oficiales. Yo soy uno de ellos, pero un balazo me mató el caballo ayer tarde; resentido todavía del que recibí en este muslo al principio de la campaña, no puedo ya caminar, y caeré en manos de mis enemigos si V. no me da un asilo....

D. Agust.—(¡Friolera! Peor es esto que pedirme dinero.)

D. Juan.—(¡Malo! Me va á negar la hospitalidad.)

D. Agust.—(¿Pero he de tener corazon para.... No; ¡pecho al agua!) Señor mio, yo no soy hombre que me ocupo en cuestiones politicas; pero no pregunto las suyas al que se acoge al sagrado de mi casa. Venga esa mano. (*Se la da don Juan.*) Es V. mi huésped.

D. JUAN.—¡Ah! Pagaría con mi sangre el beneficio...

D. AGUST.—¡Chit!...Más bajo y no perdamos tiempo. Miéntras no mude V. de traje hay riesgo....

D. JUAN.—Es verdad....

D. AGUST.—Deje V..... (*A la puerta del foro.*) ¡Isabel! (No aventuro nada en confiarla el secreto.)

___

ESCENA V.

DON AGUSTIN. DON JUAN. ISABEL.

D. AGUST.—Ven, Isabel. Voy á darte una prueba de la confianza que me mereces. El señor es un caballero perseguido por liberal.

ISABEL.—¿Y qué mal hay en eso? Todo caballero está obligado á ser liberal. V. tambien lo es....

D. AGUST.—Cierto. (*A don Juan.*) La inocente no da más que un sentido á esta palabra. (*A Isabel.*) Escucha: es necesario que esté oculto en casa y que nadie lo sepa.

ISABEL.—Por mi parte guardaré el más inviolable secreto, que aunque mujer y moza sé callar cuando conviene ; pero si otros le han visto en casa....

D. JUAN.—Solamente la mujer que me ha conducido hasta aqui.

D. AGUST.—Doña Nicanora.

D. JUAN.—Pero como yo venia tapado hasta los ojos con el cuello del capote, no creo que me reconozca si otro vestido....

ISABEL.—Yo puedo proporcionárselo á V. Conservo todavia la ropa de mi pobre padre.

D. JUAN.—Esta niña es una alhaja.

D. AGUST.—¡No lo sabe V. bien!

ISABEL.—¿Saben VV. lo que podemos hacer? Se abrocha V. otra vez el capote; vuelve á salir por la puerta principal como si tal cosa; entre tanto corro yo al jardin, abro la verja y le introduzco por alli; despues le llevo la ropa....

D. AGUST.—Sí, sí, pero no perdamos un momento.

ISABEL.—Dice V. despues que ha recibido un jardinero y con achaque de....

D. AGUST.—Sí; ¡anda! (*D. Juan se abrocha el capote.*)

ESCENA VI.

DON AGUSTIN. DON JUAN.

D. JUAN.—Mi eterna gratitud....

D. AGUST.—Ahora no es del caso.... Vaya V.... Siguiendo la tapia á mano derecha, vuelve V la esquina... ¡Silencio!

ESCENA VII.

DON AGUSTIN. DON JUAN. NICANORA.

NICANORA.—Traía el chocolate... (*Trae la jícara y demás en una bandeja que pone sobre el velador.*)

D. AGUST.—Bien. Si es V. servido....

D. JUAN.—Muchas gracias. Si V. me da su licencia...

D. AGUST.—Repito que siento mucho no poder vender á

V. ningun caballo. Ayer me requisaron el único que tenía.

D. Juan.—¿Cómo ha de ser! Lo buscaré en otra parte. A la órden de V.

D. Agust.—Beso á V. la mano.

ESCENA VIII.

Don Agustin. Nicanora.

(*D. Agustin se sienta y toma el chocolate.*)

Nicanora.—¿No sabe V. que esta noche pasada hemos tenido muy cerca de casa trifulca y tiroteo?

D. Agust.—¿Cómo! (Disimulemos.)

Nicanora.—Dicen que han pasado por estas inmediaciones fugitivos y en derrota algunos negros.

D. Agust.—¡Negros! ¿Estamos en España, ó en Guinéa?

Nicanora.—Así los llaman porque son unos desalmados sin Dios ni ley.

D. Agust.—Ya.

Nicanora.—Liberales por otro nombre.

D. Agust.—Bien; ¿qué nos importa á nosotros..(Yo tiemblo.)

Nicanora.—Cuidado no sea alguno de ellos ese militar...

D. Agust.—Todo lo contrario. ¡Si está destinado á perseguirlos!...Por eso quería comprarme el caballo...

Nicanora.—No le he visto la cara....

D. Agust.— (¡ Respiro !)

Nicanora.— Que si se la hubiera visto.. A mí no me se despinta ningun negro.. por blanco que sea. Los conozco á la legua.

D. Agust.— (Mudemos de conversacion.) ¿ Dónde vive doña Amparo, la señora que vino ayer....

Nicanora.— A dos pasos de la quinta.

D. Agust.— Tengo que pagarle la visita, y ántes que caliente mucho el sol.. (*Se levanta.*)

Nicanora.— (*Llamándole al balcon.*) Mire V.; desde aquí se ve su casa. ¿ Ve V. aquella alameda y al fin una casita blanca con persianas verdes ?

D. Agust.— Sí, ya la veo. Voy á ponerme una levita.. Hasta despues.

_____

ESCENA IX.

Nicanora. (*Sin apartarse del balcon.*)

Allí está junto á la fuente del sáuce ese condenado de Jesualdo. No pierde la querencia...Por fortuna, no le ha visto el amo, pero si le encuentra al salir.. Le haré señas para que se retire. (*Las hace.*) Vamos, me ha comprendido. Se aleja....¿Qué veo! ¡Soldados!...! Y por lo visto se dirigen aqui..¡No hay duda. ¡Ay, Vírgen de las Nieves! ¿Si serán negros? (*Llamando.*) ¡Don Agustin! ¡Don Agustin!

_____

ESCENA X.

Nicanora. Don Agustin.

D. Agust.— (*Ya vestido para salir.*) ¿ Qué tenemos ? ¿ Por qué grita V.?

Nicanora.— Asómese V.

D. Agust.— (*Asomándose al balcon.*) ¡Soldados! (No ganamos para sustos.)

Nicanora.—Han hecho alto á la puerta de la quinta.

D. Agust. — (¿Sabrán acaso....Algun soplo...) Bien; vaya V. á ver lo que quieren....

Nicanora.—Ya están aquí.

ESCENA XI.

Don Agustin. Nicanora. El Sargento.

Sargento.—Patroncita, á la obediencia.—Dios guarde á V., patron.

Nicanora.— (¡Patroncita!.... Es amable este sargento.) Con salud venga V.

D. Agust. — ¿En qué puedo servir....

Sargento.— Pues, señor, aquí vengo de faccion y en acto del real servicio del rey nuestro señor.

D. Agust.— Sea en buen hora.

Sargento.—Mi consigna y la de mi partida es recorrer esta comarca en persecucion de los de Riego.

D. Agust.—(¡Oh Dios!....)

Sargento.—Y en uso de mi comandancia y de mi pasaporte tengo á bien establecer por hoy en esta casa mi cuartel general.

D. Agust.—(¡Soy perdido!) Está bien; que suba la tropa y se acomodará....(Al ménos, los alejaré del jardin.)

SARGENTO.—Corriente y no hay más que hablar. (*Desde el foro.*) ¡Arriba, muchachos!

D. AGUST.—(*A Nicanora.*) Cuide V. de que nada les falte.

SARGENTO.—¿Lo oye V., salero? Que nada nos falte. ¡Vivan los patrones campechanos! Así me gustan á mí, y no esos piratas que en cuanto ven á un alojado le ponen una cuarta de jeta y le niegan hasta la sal y la vinagre que reza la ordenanza. (*Van entrando soldados hasta reunirse diez y un cabo.*)

D. AGUST.—(Yo estoy en brasas....)

SARGENTO.—Y luego dirán que el soldado merodéa y que no deja gallina á vida y que si verdes las han segado. ¿Quieren que Juan Soldado no tuerza el pescuezo á las gallinas? Pues dénselas asadas ó en pepitoria, y Cristo con todos. ¿Verdá, patrona del alma? Me parece que me esplico.

NICANORA.—Sí, señor.

SARGENTO.—¡Huy, madre mia! Mejor que andar á caza de dispersos me dejaría yo cazar por V.

NICANORA.—Vaya.... no sea V. tan chusco....

SARGENTO.—Si miento, que malos mengues me trajelen.

D. AGUST.—Lléveselos V. por allí dentro. Querrán descansar.

NICANORA.—Síganme VV.

SARGENTO.—Muchachos, á discrecion. (*Á D. Agustin.*) Hasta la vista. (*Váse con los soldados por la izquierda del foro siguiendo á Nicanora.*)

ESCENA XII.

Don Agustin.

En medio de mis apuros no puedo ménos de aplaudir la poca aprension del sargento. ¡Derretirse de esa manera por semejante tarasca! ¡Cuidado que en la tropa hay unos estómagos! .. Pero no me lo hacen á mí muy bueno los nuevos huéspedes. En otras circunstancias no me importaría mucho.... pero ahora.... Y gracias que están por aquí arriba y nos dan tiempo.... Voy corriendo á advertir á Isabel.... Pero aquí está.

ESCENA XIII.

Don Agustin. Isabel.

D. Agust.—¿Qué traes?

Isabel.—(*Con una cesta en la mano.*) Pan, vino y queso para la tropa. La ví venir....

D. Agust.—¿Y el capitan?

Isabel.—No tema V. Ya está en salvo.

D. Agust.—¡Ah! ¡Gracias á Dios!

Isabel.—Acababa de disfrazarse cuando corrí á darle aviso, y le escamoté por la verja.

D. Agust.—¡Bien!

Isabel.—Ahora, para mayor disimulo y para entretener á esa gente miéntras el pobre capitan se aleja, les traigo de refrescar.

D. Agust.—Sí, sí.... Corre..... ¡Bendita!..... Nunca podré olvidar lo que te debo.

ESCENA XIV.

Don Agustin. Isabel. Nicanora.

Nicanora.—Ya los he acomodado lo mejor que he podido. ¿Le parece á V. que les demos ahora un refrigerio....

D. Agust.—Ya se lo lleva Isabel.

Nicanora.—¡Ah!....

Isabel.—Sí tal; los pobres vendrán hambrientos.... Voy volando.

ESCENA XV.

Don Agustin. Nicanora.

Nicanora.—(¡Pues! Queria yo obsequiar al sargento y me ha ganado por la mano! Cuando digo yo que es mi ángel malo esa mocosa!....)

D. Agust.—(Bueno es tenerlos contentos por si acaso ....) Oiga V., doña Nicanora; sin perjuicio de esa ligera refaccion, quiero que haga V. preparar para los soldados un rancho bueno y abundante.

Nicanora.—Pierda V. cuidado.

D. Agust.—No precisamente de gallinas, porque sería forzoso dejar despoblado el corral...., pero cosa de sustancia....

Nicanora.—Deje V., que á mi cargo queda.... Sacarán, como suele decirse, la tripa de mal año.

ESCENA XVI.

D. Agustin. Nicanora. Isabel. El Sargento.

(Isabel llega corriendo perseguida por el sargento y se refúgia en los brazos de D. Agustin.)

Isabel.—¡Señor!

D. Agust.—¿Qué es esto?

Sargento.—Ven aquí, primor, que no te comeré.

Isabel.—Ese hombre me persigue....

D. Agust.—¡Sargento!....

Sargento.—No hay que hacer aspamientos. Todo ello es que la he querido abrazar. Peccata minuta.

D. Agust.—¡Abrazar! Tenga V. mas respeto á esta casa, ó yo se lo haré tener. Aquí no ha entrado V. por derecho de conquista. (¡Pues solo faltaba que este sátiro....)

Nicanora.—(¡Oiga! El sargento es perrito de todas bodas.)

Sargento.—Vaya, patron, no sea V. tan súpito.. Hágase V. cargo de que cada uno tiene su alma en su cuerpo, y que cada quisque tiene su modo y manera de esprimir sus afeitos. Figúrese V. que esa lindísma chabala se nos presenta con vituallas, y yo, que soy agradecido como un perdiguero y dulce como la arropía.... ¡Pues! Me pareció que era de ordenanza darla las gracias....

D. Agust.—Bastaba con habérselas dado de palabra.

Nicanora.—Sí, señor; bastaba y sobraba.

Sargento.—Con todo y con eso, me parecia á mí que á mayor abundamiento no pegaba mal un poco de pantomina.

D. Agust.—¡Vive Dios!.... Si V. no se modera....

Sargento.—¡Cachaza! Esto ha sido un somaten.... así.... de patriotismo, pero otra vez yo tendré á raya las.... las infusiones de mi agradecimiento.

D. Agust.—Bien está. Alli tiene V. su habitacion....

Sargento.—(¡Ay, ojos retrecheros!... Al mirarla siento en el sentido una.... escaramuza....)

Nicanora.—Señor sargento, esta es una casa de honor, y no es razon que V. se propase....

Sargento.—¿Tambien V. me regaña, comadre!

Nicanora.—Despues que se les da tan buena acogida, inquietar á las mozas.. .

Sargento.—Diga V...., abuela....

Nicanora.—¿Cómo!...., insolente!....

Sargento.—¿Eso es envidia, ó caridad?

Nicanora.—¿Yo envidia? ¡Qué insulto!

D. Agust.—¡Eh! Ya basta.... (*Dentro ruido y voces confusas.*)

Isabel.—(¡Ay Dios!....)

D. Agust.—¿Quién sube....

Sargento.—¿Qué zaragata....

———

ESCENA XVII.

Don Agustin. Isabel. Nicanora. El Sargento. Jesualdo. El Alcalde. Cuatro Escopeteros. Y luego Los Soldados.

Jesualdo.—¡Aquí está!

Alcalde.—¡Favor al rey!

D. Agust.—¿Cómo!.... ¿Quién es V....

Sargento.—(*Acercándose al foro.*) ¡Soldados, á las armas!

Alcalde.—Nadie se mueva. Soy el alcalde. Esta vara representa aquí al altar y al trono.

D. Agust.—Yo la respeto: pero.... en mi casa ... ¿Qué motivo.... (*Llegan los soldados y el sargento los hace formar y armar bayoneta.*)

Alcalde.—¿Es V. don Agustin Cevallos?

D. Agust.—Servidor de V.

Alcalde.—En nombre del rey, dése V. preso.

D. Agust.—¡Yo!.... (¡Le han descubierto!)

Isabel.—(¡Nos han vendido!)

D. Agust.—¿Qué crimen he cometido yo para...

Alcalde.—Es V. reo de lesa Majestad.

Isabel.—(¡Vírgen santa!)

D. Agust.—¿Por qué?

Alcalde.—Por encubridor; y por consiguiente cómplice y consorte de facciosos y conspiradores.

Nicanora.—(¿Qué oigo!)

Sargento.—¿Esas tenemos? (Ahora me las pagará.)

D. Agust.—¿Quién es el impostor que se atreve á acusarme...

Jesualdo.—Yo.

D. Agust.—¡Jesualdo!

Isabel.—¡Infame!

Nicanora.—(*En voz baja.*) ¿Qué has hecho!

JESUALDO.—(*Lo mismo.*) Déjeme V..... Dios castiga sin palo.

D. AGUST.—Villano, ¿dónde están las pruebas del delito que me imputas?

JESUALDO.—En esta casa ha entrado un militar sospechoso. A mí mismo me preguntó quién vivía en ella. Y luego salió el propio sujeto por la puerta falsa, vestido de labrador y corriendo como alma que lleva el diablo; pero como venía de cara á mí, al instante me calé que era el de marras. ¡Oh! yo le había tomado bien la filiacion. ¿Y qué hago entonces? Corro al pueblo, que está á tiro de fusil, doy parte al señor alcalde..... y aquí estamos porque hemos venido.

ISABEL.—¡Oh vileza! No le crea V....

ALCALDE.—¡Silencio, doncella! V. hablará cuando sea interrogada.

D. AGUST.—Señor alcalde....

ALCALDE.—¡Silencio! (*A los escopeteros.*) Genízaros de la aldéa, registrad bien toda la casa por si se encuentra en ella oculto algun otro reo, ó cosa equivalente. (*De los cuatro escopeteros uno entra en la habitacion de la derecha, otro en la de la izquierda, y los otros dos vánse por el foro en direccion opuesta.*)

D. AGUST.—Permítame V. decirle que la vil delacion de ese mozo no es suficiente prueba....

JESUALDO.—Sí, señor. Cuando yo digo una cosa, firma el Rey.

ALCALDE.—Ya he dicho que nadie me chiste. Se procederá á lo que haya lugar en derecho.—Sargento, reclamo el ausilio de la fuerza armada.

SARGENTO.—Estoy á las órdenes de V., señor Alcalde.

ALCALDE.—Vaya el cabo con la mitad de la tropa en persecucion del fugitivo, y V. quede aquí con el resto para custodiar á don Agustin.

SARGENTO.—Corriente. —A la cabeza, cabo de escuadra. —Uno, dos, tres, cuatro, cinco.—¡Al hombro, aúr!— Flanco derecho, hileras á la izquierda, ¡marchen! (*Vánse el cabo y cinco soldados.*)

ISABEL.—(*En voz baja á don Agustin.*) No le han cogido. Aun hay esperanza.... (*Vuelven sucesivamente los escopeteros.*)

Escor. 1º.—Nada.

NICANORA.—(Bien malicié yo que era un negro....)

ESCOP. 2º.—No hay nadie.

ISABEL.—(*Al alcalde.*) ¿Quien ha de haber.... Mi amo está inocente....

ESCOP. 3º.—No hay nada.

ALCALDE.—Sin embargo, miéntras no pruebe su inocencia....

D. AGUST.—Yo creo que, ántes de proceder contra mí, la justicia es la que debe probar mi culpa.

ALCALDE.—¿Oyen VV.? ¡Máxima impía y revolucionaria!

D. AGUST.—Perdone V. Yo.... (*Vuelve el escopetero cuarto con el uniforme de don Juan.*)

ISABEL.—(¡Ah!.... Ya olvidaba....)

ESCOP. 4º.—Señor alcalde, registrando el jardin, he encontrado este uniforme....

ALCALDE.—Indicio vehemente, prueba fehaciente, testimonio concluyente. V. es delincuente juntamente con el insurgente ausente.

D. Agust.—(¡ La hemos hecho buena !)

Isabel.—(¡ Que fatalidad !)

Jesualdo.—Esa casaca es la misma que yo vide con estos ojos que se ha de comer la tierra.

Nicanora.—(El amo está perdido sin remedio, y si no me curo en salud me van á complicar en la causa.)

Alcalde.—¿ Qué dice V. ahora ?

D. Agust.—Digo que las apariencias pueden estar contra mí, pero que yo....

Nicanora.—Señor alcalde, yo declaro que entró esta mañana un militar de mala traza tapado con un capote....

Jesualdo.—Si tal; llevaba, amén de la casaca, un capote de barragan.

Isabel.—¿ Y quién puede asegurar que sea el mismo .... (¡ Perversa mujer !)

Nicanora.—Yo misma le introduje en esta habitacion; habló en secreto con mi amo; el amo llamó á Isabel; entró Isabel; volvió á salir; salió luego el capitan.... ó lo que sea.... y no ha vuelto á parecer.

D. Agust.—¡ Gracias, doña Nicanora !

Isabel.—¿ Cómo tiene V. valor para acusar al amo que la mantiene ?

Nicanora.— Yo no acuso á nadie; digo lo que he visto y nada mas. El amo podrá haber sido engañado; convengo. Yo no tengo nada que decir contra él. Ayer llegó de Madrid y no puedo saber si es realista, ó liberal, pero ántes que todo es mi conciencia.

D. Agust.—Basta. Diré la verdad, aunque por ella vaya al patíbulo. Es cierto que aquel desgraciado vino á pedirme un asilo. Yo se lo concedí movido de compasion y muy ajeno de pensar entónces que habrían de deponer contra mí personas que comen de mi pan y que deben á esta casa mil beneficios. Soy víctima de un acto de generosidad que el señor alcalde sabrá apreciar en el fondo de su corazon.

ALCALDE.— Aquí no hay corazon que valga. Cuando se trata de las prerogativas del rey, mi corazon es de palo como mi vara.

D. AGUST.— Yo soy un hombre pacífico que siempre ha respetado las leyes y ha obedecido á las autoridades constituidas. Soy demasiado independiente para meterme á conspirador. Yo no conocía al fugitivo, mas prefiero ser acusado de cómplice suyo á la infamia de haberle arrojado de mis umbrales cuando me pedía hospitalidad.

SARGENTO.— ¡ Ba, ba ! ¡ Retólicas !

JESUALDO.— ¡ Liláilas !

ALCALDE.— ¡ Sofisterias ! Está V. convicto y confeso.

SARGENTO.— Y aqui no hay tio, páseme V. el rio....

ALCALDE.— Irá V. á la cárcel....

JESUALDO.— ¡ Toma pisto !

ISABEL.— A la cárcel !

D. AGUST.— Bien está. Cumpla V. su deber.

ISABEL.— ¡ No, no ! ¡ Preso el mejor, el más benéfico de los hombres ! Si hay aquí algun delito; si lo es el amparar á un desgraciado, yo sola soy la culpada, Préndanme VV. á mí.

D. AGUST.— ¡ Isabel !

SARGENTO.— Si, démela V. presa y yo seré su alcalde.

¡Ay! Ese dulce tormento es más criminal de lo que V. piensa.

ISABEL.— Mi amo recibió al capitan sin saber quién era; pero él me descubrió despues su secreto y yo le dí la ropa con que huyó disfrazado....

D. AGUST.— No la oiga V., señor alcalde. Ella no hizo más que obedecerme.

ISABEL.— Que diga doña Nicanora si no guardaba yo los vestidos de mi padre....

NICANORA — Es verdad; y yo tambien me inclino á creer que ella es la más culpable....

D. AGUST.— ¡Vibora infernal!....

ISABEL.— ¿Por qué la riñe V. si dice la verdad? Vamos...

SARGENTO.— Sí; llevémosla prisionera....

JESUALDO.— Entréguemela V. á mí y yo seré el corresponsable.....

SARGENTO.— (Dándole un empellon.) ¡Quita de ahí, avispa!....

ALCALDE.— ¡Callen los dos! Aquí solo manda el alcalde. ¿Qué es esto! ¿Ya quieren milicia y plebe repartirse el botín?

D. AGUST.— ¿Tendrá V. entrañas para reducir á prision á una criatura incapaz de delinquir? Por un esceso de gratitud y de cariño, que á algunos debiera hacer morir de vergüenza, quiere salvar mi vida á costa de la suya; pero ni yo ni V. lo podemos consentir. Repito que ella no ha hecho más que cumplir mis mandatos.

ALCALDE — Lo creo, y yo que, si bien alcalde de una pobre aldéa, estoy graduado de bachiller, no reconozco por materia punible á una doncella y fámula de menor edad, y con unos ojos que harían prevaricar á magistrados ménos íntegros que yo. Para cumplir con los deberes de mi jurisdiccion, bástame por ahora con la captura del jefe de la familia, *pater familias.* Veremos luego lo que resulta de autos y, vistos, se proveerá. Queden aqui, sin embargo, para ulteriores providencias, y por si mando proceder á un escrupuloso secuestro, que sí mandaré, los individuos de mi ronda municipal.—¿Oís, calmucos? Ocupad la planta baja de este edificio campestre para vigilar á les dependientes y comensales del reo y para que nada se sustraiga de sus bienes, efectos y pertenencias, muebles, inmuebles y semovientes. (*Vánse los escopeteros.*) V., sargento, y sus cinco súbditos conducirán al acusado.

Sargento.—Con mucho gusto, porque es un mal patron que no permite á los alojados un inocente desahogo. (*A los soldados.*) ¿A ver? En dos filas.—La segunda ¡paso atrás! (*A don Agustin.*) V. irá en medio, paisano.

D. Agust.—Está muy bien. (¡Qué gloria de independencia!)

Isabel.—¡Mi amo entre bayonetas! ¿Y porqué, Dios mio! Por un rasgo de generosidad que ántes merecía premio que castigo. ¡Oh! Vuélvale V. su libertad, señor Alcalde....

Alcalde.—En vano quieres seducirme, astuta sirena. En vano me fulminas el fuego de tus pupilas. La justicia ordinaria es incombustible.

Isabel.—Pues bien, préndanme VV. á mí tambien. Yo no quiero separarme de mi amado protector.

D. Agust.—¡Isabel!

NICANORA.—(¡Ojalá se la lleven y yo recobraré mi soberanía!)

ALCALDE.—No ha lugar.

JESUALDO.—(¡Vaya que la ha entrado el don Agustin por el ojo derecho!)

D. AGUST.—Vamos....

ISABEL.—(*Asiéndose de su brazo.*) ¡No! Yo no le dejo á V. (*Al Alcalde.*) ¿Asi cumple V. las leyes? Castigueme V. Soy liberal, soy patriota, soy.... ¿Qué sé yo....? Conspiradora, republicana.

NICANORA.—¡Qué horror!

D. AGUST.—(*En voz baja.*) ¿Has perdido el juicio, hija mia? (*Sigue hablando aparte con ella.*)

NICANORA.—¿Lo ha oido V., señor Alcalde? A confesion de parte....

ALCALDE.—Esa mocita no sabe lo que se dice ni lo que se pesca. (*Nicanora habla aparte con el alcalde.*)

D. AGUST.—(*A Isabel en voz baja.*) Tu noble sacrificio te compromete y no me salva. Al contrario, quedando tú libre puedes serme más útil. La casa queda á merced de gentes sin ley ni conciencia, y si tú no miras por mis intereses.... Quédate ¿Me obligarás á mandártelo?

ISABEL.—¡Ah! bien está; me quedaré.

ALCALDE.—Basta: quedo enterado. (*A Isabel.*) Con que ¿tú eres tambien enemiga del rey nuestro señor?

ISABEL.—Yo soy enemiga.... de los enemigos de mi amo.

D. AGUST.—Será posible, señor alcalde....

ALCALDE.—Calle el preso. Yo no necesito asesores. ¡Atencion! Oida la confesion de Isabel....

JESUALDO.—Díaz.

ALCALDE.—De Isabel Díaz, y habida consideracion á su edad y á su sexo por una parte, y por otra al delito de que se ha espontaneado....

D. AGUST.—Pero ¡señor....

ALCALDE.—¡No hay que interrumpirme!

D. AGUST.—(¡Que sea tan idiota un bachiller!)

ALCALDE.—La declaro incursa en la pena que corresponde; y por tanto la debo condenar y la condeno. ...

NICANORA.—(¡Albricias!)

ALCALDE.—A que se quede donde está.

NICANORA.—¿Cómo!....

ALCALDE.—A las mozas se las debe quebrar el gusto.

D. AGUST.—Gracias, señor Alcalde. Y yo declaro que en Isabel, y solo en Isabel deposito mi confianza para que gobierne la casa durante mi ausencia.—Déle V. las llaves, doña Nicanora.

NICANORA.—¡Yo .. A esa.... ¡Hum! Yo.... ¡Ella.....; Señor Alcalde!.....(Me ahoga el despecho.)

ALCALDE.—El señor está en su derecho. Obedezca V. y represente.

NICANORA.—(¡Me despoja!)

ALCALDE.—¡Vamos pronto!

NICANORA.—(¡Me asesina!) Sí, señor.... (Pero lo que es en la mano.... (*Tirando un llavero que se desprende de la cintura.*) Ahi están las llaves.

D. AGUST.—(*Cogiéndolas y dándolas á Isabel.*) Toma; tú eres mas digna de tenerlas que esa arpía.

NICANORA.—¡Yo arpia!....

ALCALDE.—¡Eh! Basta de dimes y diretes, y marchemos.

SARGENTO.—¡Al cuadro el prisionero!

D. AGUST.—(*Apretando la mano á Isabel.*)   ¡A Dios!

ISABEL.—¡Ah! ¡No vean mis ojos tanta iniquidad! (*Váse llorando por la puerta de la izquierda.*)

ESCENA XVIII.

D. AGUSTIN. NICANORA. JESUALDO. EL ALCALDE. EL SARGENTO. SOLDADOS.

D. AGUST.—(*Entrando entre filas.*)   Estoy pronto.

SARGENTO.—(El alcalde me la ha jugado de puño, pero como yo vuelva....¡Las higadillas del alma me dejo aquí!)

ALCALDE.—Vamos. Síganme VV.

SARGENTO.—¡Flanco derecho; aúr!

D. AGUST.—(¡Pobre niña!)   (*Vánse por la derecha del foro.*)

ESCENA XIX.

NICANORA. JESUALDO.

JESUALDO.—Cayó en chirona. ¡Qué gusto! He puesto una pica en Flándes.

NICANORA.—¡Destituida, destronada! ¡Oh furor!

JESUALDO.—Sigamos la comitiva. ¡Viva el rey ausoluto!

NICANORA.—¡Mueran los negros! (*Vánse siguiendo á los soldados.*)

ACTO CUARTO.

ESCENA PRIMERA.

NICANORA. JESUALDO.

NICANORA.—¡Que hayas de ser tan testarudo y tan baboso! No quiero que vuelvas á mirar á esa muñeca.

JESUALDO.—Ayer me mandaba V. que la adorase y hoy que la aborrezca. Cada dia tiene V. un capricho diferente; ¡y luego dirán que los jóvenes somos voluntariosos!

NICANORA.—Han variado las circunstancias, y es preciso mudar de bisiesto.

JESUALDO.—Tarde piache, tia Nicanora. Estoy enamorado hasta los tuétanos.

NICANORA.—¡Encapricharse por una trastuela que me ha suplantado en el gobierno de la quinta y se ha apoderado de mi cetro.... es decir, de mis llaves. ¿Piensas que podré yo consentir jamás en llamarme su tia política...., su suegra, cómo quien dice?

JESUALDO.—¡Tia! ¡Suegra! Para que V. la aborrezca de muerte ¿es algun ostáculo el parentesco de suegra ó de tia? En fin, cáseme yo con la chica y salga el sol por Antequera.

NICANORA.—Pero ¡borrico! ¿no ves que ella no te puede atravesar? Si antes de haber acusado al amo ya tu ángel y el de Isabel estaban de espaldas, ¿cómo quieres que te ame despues de la perrada que has hecho con Don Agustin?

JESUALDO.—¡Ande V. que ella entrará por el aro!.... ¿Hay mas que sitiarla por hambre? y si hoy no me quiere de bien á bien, mañana me querrá á la trágala.

NICANORA.—¡Sitiar por hambre á una ama de llaves! Ella es la que puede ponernos á dieta, si se le antoja.

JESUALDO.—La echa V. de leida y sabihonda, y no sabe de la misa la media. Venga V. acá: ¿no está preso Don Agustin por enemigo de Dios y del rey? Dentro de ocho dias, ó ántes, le ahorcarán por el pescuezo; esto es de ene. ¡Digo, en buenas manos está el pandero!...Y auto contínuo le confiscarán todos sus bienes, y la Isabel se quedará á la Samtimperie, y entónces....de juro tendrá que pedir aláfia.

NICANORA.—Pero dime, pobre pelon, ¿que le has de dar tú si ella se queda por puertas? ¿Tienes tú otro patrimonio que la noche y el dia?

JESUALDO.—¡Toma! Yo, lo que es de presente y en ley de verdad, no tengo sobre qué caerme muerto; pero cuento con mi tia, de quien soy único heredero y que me quiere y particúla como á las niñas de sus ojos.

NICANORA.—¡Sí; cómo lo mereces tanto!....

JESUALDO.—(Acariciándola.) Vamos, tiita, no se haga V. la huraña. ¡Si sé yo que V. se pirra por Jesualdo!

NICANORA.—Pero ¡infeliz! ¿no consideras que mi ruina será una consecuencia inmediata y forzosa de la ruina del amo? Si le confiscan los bienes, no será en provecho

mio, y si á fuerza de oro consigue la absolucion, su pri.
mera diligencia será plantarme de patitas en la calle.

JESUALDO.—¡Sí, valiente cuidado le dará á V.! ¿Querrá V. decirme á mi que tendria que ir á pedir una limosna? ¡A otro perro con ese hueso! V. ya tiene el riñon bien cubierto....

NICANORA.—Estás engañado. Yo....

JESUALDO.—Vaya, á mi no me comulga V. con ruedas de molino. Veinte años de ama de gobierno en una casa como esta ...¡Ahí es un grano de anis!...¡Digo! Solamente en el entrevalo de la muerte de la difunta á la prision del preso, ha podido V. hacer muy bien su agosto. ¡Cómo que ha campado V. por su respeto y ni Rey ni Roque... ¿Qué apostamos á que no se deja V. guindar por mil doblones?

NICANORA.—¡Yo mil doblones, picaro, temerario.... (Mil, no; pero de ochocientos no bajan.)

JESUALDO.—Sean los que se fueren, V. no se ha de ir con ellos al otro mundo.

NICANORA.—(Mirando á la puerta de la izquierda.) Ya sale Isabel. Véte.

JESUALDO.—No, que la voy á hablar al alma, y verá V. como entre oreja y oreja...

NICANORA.—Si la hablas, si la miras, te desheredo. (Empujándole hasta la puerta del foro.) ¡Anda!

JESUALDO.—Pero, tia....

NICANORA.—¡Anda, maldecido!

ESCENA II.

NICANORA. ISABEL.

NICANORA.—(*Yéndose.*) Yo tambien, por no verla.....

ISABEL.—¡ Doña Nicanora!

NICANORA.—(*Volviéndo.*) ¿Qué tenemos?

ISABEL.—Quisiera hablar con V. dos palabras.

NICANORA.—Ni una ni media. Yo no me rozo con amas intrusas. No hay nada de comun entre la usurpacion y la legitimidad.

ISABEL.—Bien sabe V. que yo no he pretendido reemplazarla. No soy ambiciosa, y solo por obedecer á Don Agustin....

NICANORA.—Si; házte ahora la humilde...¡Hipocritilla! Sabe Dios las coqueterias y las monadas que habrás hecho para engatusar á aquel santo varon.

ISABEL.—¡ Yo, señora!

NICANORA.—Abreviémos. ¿Vienes á mandarme, en uso de tu autoridad revolucionaria y sospechosa, que desocupe mi habitacion y me largue con viento fresco?

ISABEL.—¡Jesús! ¿Yo....!

NICANORA.—No contenta con usurpar su empleo á una veterana benemérita, ¿eres tan intolerante y tan reaccionaria....

ISABEL.—Pero si....

NICANORA.—¿Que me condenas á la deportacion, al ostracismo?

ISABEL.—Todo lo contrario. Ni me creo con facultades

para eso; ni, aunque las tuviera, echaria yo de esta casa á una servidora fiel que ha envejecido en ella.

NICANORA.—¡Que ha envejecido! Parece que se complace V., señorita, en darme cordelejo con mi fé de bautismo.

ISABEL.—No tengo tal intencion. Si la recuerdo es para reconocer que tiene V. ese derecho más á mi veneracion.

NICANORA.—¡Hum! Esa falsa modestia es lo que más me irrita y me saca de mis casillas.

ISABEL.—¡Válgame Dios, y qué injusta es V. conmigo!

NICANORA.—No tal. Yo no soy tan fátua que no eche de ver las desventajas de mi posicion. No soy tan vetusta, gracias á Dios, como V. me supone; pero confieso que no tengo bastante garabato para disputar á la linda jardinera la plaza de sultana favorita.

ISABEL.—Cualesquiera que sean las bondades que el amo me dispense, sin otro mérito por mi parte que mi puro y desinteresado cariño, crea V. que no abusaré de ellas. Acostumbrada á servir desde que vine al mundo, no tengo afan de mandar á nadie ni la desventúra de ser vengativa y rencorosa. No tema V., pues, que yo la sujete á una dependencia humillante. La miraré á V. como á una compañera.

NICANORA.—¿Compañera? ¡Qué esceso de virtud! (¡La mocosa!....)

ISABEL.—Quiero decir....

NICANORA.—¡Compañera! No hay concomitancia posible entre el verdugo y la víctima.

ISABEL.—¡Oh! esa comparacion....

NICANORA.—Es exacta. Pero ruede la bola, que Dios no se ha muerto de viejo, y á cada puerco le llega su san Martin. Si hoy me destronas tú, otra vendrá que te destrone á tí. Quizá la Amparito.... A fé que el amo no la miró con malos ojos.

ISABEL.—Él es dueño....

NICANORA.—Y con toda tu presuncion no vales para descalzarla.

ISABEL.—Cierto. Ántes que V. se lo he dicho yo á don Agustin.

NICANORA.—Y te desbancará; estoy segura...Pero ¿qué digo? Escusais una y otra hacer calendarios. Don Agustin está preso y no saldrá del calabozo sino para ir al cadalso.

ISABEL.—¡Santo Dios!....

NICANORA.—Y entónces no tendrás que descender de tu solio para llamarme....compañera.

ISABEL.—¡Qué! ¿No habrá esperanza....

NICANORA.—Ninguna. Su delito está probado, y es de aquellos que no tienen perdon.

ISABEL.—No, no es tan desesperada su causa si V. le mira con ojos de piedad, y, me atrevo á decirlo, de agradecimiento. Todavia no le han tomado á V. ni á Jesualdo declaracion formal. VV. pueden darla de modo que solo pueda culparse al amo de imprevision, de....

NICANORA.—¡No! Diremos la verdad y caiga el que caiga. Somos amantes del altar y el trono, y no transigimos con francmasones.

ISABEL.—¡Oh qué inhumanidad!.... Por la memoria

de la difunta señora, que á ambas nos colmó de beneficios; por la lealtad que debe V. á don Agustin; por el
interés de las familias que mantiene, y el de V. misma,
¡sálvele V.! Con lágrimas se lo pido....

NICANORA.—¡Pamemas!

ISABEL.—¿Qué haria yo para conmovar ese corazon
empedernido?—¡Ah! V. quiere á Jesualdo como á un
hijo; él pretende mi mano.... Yo.... (Ay Dios!) Yo
creo....que no le amo; pero, si es preciso...., si á este
precio consigo la libertad de mi señor..., me casaré con
su sobrino de V.

NICANORA.—¡Miren qué sacrificio! Falta saber si tú le
mereces y si yo consiento....

———

ESCENA III.

ISABEL. NICANORA. AMPARO.

AMPARO.—(*A la puerta del foro.*) Con permiso....

NICANORA.—¡Oh! la vecinita...Entre V.

ISABEL.—(*Echándose en los brazos de Amparo.*) ¡Ah señora! Mi pobre amo....

AMPARO.—Todo lo sé, y vengo llena de afliccion á que
me den VV. noticias de don Agustin.

ISABEL.—Nada hemos sabido desde que ayer se lo
llevaron entre bayonetas. Estamos vigiladas y no podemos salir...

AMPARO.—¡Ah! Pues á mí no me impedirán la salida.
Yo iré....

ISABEL.—¡Dios la bendiga á V., señora! El señor don

Agustin es muy merecedor del interés con que V. mira su desgracia.

AMPARO.—Ya lo sé; y no hay sacrificio que yo no esté dispuesta á hacer en obsequio suyo.

NICANORA.—(¡Miren tambien esta....lechuguina, qué sentimental ha venido!) Es tiempo perdido, vecinita. Los tribunales... (*Aparece en el foro un criado.*) ¿Quiénes?...

AMPARO.—¡Ah! mi criado. Me trae cartas.... Dámelas y espérame abajo. (*El criado entrega á Amparo dos cartas y se retira.*) Si VV. me dan licencia....

ISABEL.—No necesita V. pedirla.

AMPARO.—(¡Ninguna es de su letra! ¡No hay esperanza!—Esta es de Sevilla.... (*Abre una y la lee para sí.*) Lo de siempre; que nada ha podido averiguar.... (*Abriendo la otra.*) Esta otra es de Madrid.... ¿Qué me dirá mi primo.... " 10 de marzo de 1820"....Veamos.... (*Lee para sí.*) ¡Cielos! (*Vuelve á leer.*) ¿Será posible....)

NICANORA.—¿Qué traerá esa carta...

ISABEL.—Mucho se afecta con su lectura....

AMPARO.—¡Oh sorpresa! ¡Oh alegría inesperada! ¡Albrícias! Regocíjense VV....

NICANORA.—¿Yo? De qué?

AMPARO.—Don Agustin será puesto al instante en libertad, si ya no lo está.

ISABEL.—¡Qué! ¿Será verdad....

NICANORA.—Como no haya venido el indulto por las nubes...

AMPARO.—Algo mejor que eso. Vea V ... (*Da la*

segunda carta á Isabel, y esta la lee para sí rápidamente.) En Madrid ha habido un alzamiento popular.—Se ha consumado la revolucion. ¡Ya tenemos libertad!

NICANORA.—¿Libertad! ¿Está V. loca?

AMPARO.—¡Ah! ¡No la gozarás tú, victima adorada!....

ISABEL.—(*Dejando de leer.*) Sí, sí, libertad....

NICANORA.—¿Para los presos?

ISABEL.—¡Para todos! El rey ha jurado la constitucion.

NICANORA.—¿El rey? ¡Blasfémia!

ISABEL.—Sí, señora. La carta habla de un manifiesto....

AMPARO.—Será este impreso.... (*Mostrando uno que tiene en la mano y venía dentro de la carta.*) Léalo V....

NICANORA.—(*Tomando el papel.*) ¿A ver? ¡Si no es creible!.... Leamos.... (*Leyendo y hablando alternativamente.*) "Cuando vuestros heróicos esfuerzos lograron poner término al cautiverio...."—Dejemos los preámbulos.—Eeem... Eeem..." Me habeis hecho entender vuestro anhelo de que se restableciese aquella constitucion.... (¡Ciertos son los toros!)—"Eem.... (¡Yo sudo!) "He jurado esa constitucion por la cual suspirábais y seré su más firme apoyo."—(¡Oh augusta flaqueza!) (*Vuelve á Amparo el impreso.*) Es inútil concluir.... Estoy enterada.... (¡Nos hemos lucido!)

ISABEL.—¡Oh Providencia! Yo voy á enloquecer de alegría.

NICANORA.—(¡Triunfaron los negros!)

ISABEL.—¡Y el pobre don Agustin no sabrá nada!....

AMPARO.—Voy al momento á dar esta venturosa nueva á mi tia y despues al preso....

ISABEL.—¡Ah! sí, vuele V.

AMPARO.—¡A Dios, á Dios!

ESCENA IV.

ISABEL. NICANORA.

ISABEL.—¡Ah cuánto la envidio! ¡Con qué placer llevaría yo ese inesperado consuelo á mi buen amo!

NICANORA.—(¿Qué será de mí? ¡Todo se lo llevó la trampa!)

ISABEL.—Ya ve V., doña Nicanora, que hay un Dios protector de los inocentes.

NICANORA.—Sí.   (Y un demonio enemigo de las amas de gobierno.)   Ya veo que has nacido de pié.

ISABEL.—¡Con qué impaciencia le espero!

NICANORA.—Yo tambien....(Viremos de bordo? He de ser yo más realista que S. M.?) A pesar de las injusticias que me ha hecho, yo siempre he querido bien á mi amo, y aunque dije otra cosa.... por temor de que álguien nos oyera...., pensaba declarar en su favor.... ¿Te sonries? Digo la pura verdad.

ISABEL.—(Acercándose al balcon.) Sí, sí.—¡Quién tuviera alas!....

NICANORA.—Quien le hizo mal tercio fue ese mentecato de mi sobrino, y aun él no procedió con mala intencion, sino llevado de su amor al monarca....

ISABEL.—Ciertamente...

NICANORA.—Pero ¿quién había de presumir que saldría S. M por ese registro?

ISABEL.—En efecto. (¡Me consumo.)

NICANORA.—Si yo hubiera sabido...., Confieso que, al verme exonerada de mi empleo, no he sido dueña de reprimir alguna palabrilla picante... Tonterías que una suelta en el primer pronto, pero sin malicia, sin.... Solo de boca.... Yo espero que no me pondrás mal con don Agustin....

ISABEL.—Pierda V. cuidado. No tengo tan malas entrañas. Y ¿recuerdo yo acaso lo que V. me ha dicho? Solo ocupa mi corazon el ánsia de abrazar al amo gozándome en su felicidad.

NICANORA.—Sí; ese es tambien mi único pensamiento. Dios ha oido tus votos.... y los mios.

ISABEL.—No sabrá don Agustin lo que ha hablado V. en su ausencia.

NICANORA.—Sin saber lo que me decía.

ISABEL.—Por supuesto.

NICANORA.—¿Sabe nunca un cristiano á que atenerse en esta bendita España?

ISABEL.—¿Pero olvidará el amo lo que V. dijo en su presencia?

NICANORA.—Si tu intercedes por mí espero que me perdone.

ISABEL.—Confie V. en su generosidad.

NICANORA.—Sí;... y en la tuya. (¡Qué papeles tiene una que hacer en este mundo!)

ISABEL.—(*Sin atender á Nicanora.*) Los minutos se me hacen siglos. Si me dejasen salir....

NICANORA.—(Pero como vuelvas á caer bajo mi férula....)

ISABEL.—Oigo un rumor.... Voces confusas.... (*Asomándose al balcon.*) ¡Ah! Un tropel de gente que viene hácia aquí....

NICANORA.—(*Acercándose al balcon.*) ¿Qué será? .. (¿Si habrá venido algun contra-manifiesto?)

ISABEL.—¿Me engañan mis ojos? Juraría que es el amo.... Sí; aquel es.... Le traen en triunfo....

VOCES.—(*Dentro.*) ¡Vítor! ¡Viva!

NICANORA.—(¡Esto es hecho!)

ISABEL.—Ya llega. ¡Oh momento feliz!

VOCES. (*Más cerca.*) ¡Viva don Agustin!

ISABEL.—Corro á sus brazos. Ahora ya no me impedirán....

NICANORA.—Yo tambien, si me atreviera.... Pero es inútil; ya suben....

ISABEL.—(*En la puerta del foro.*) La gente que le precede obstruye la escalera....

VOCES.—(*Muy cerca.*) ¡Arriba con él!

NICANORA.—(Quisiera estar siete estados debajo de tierra.) (*Entra don Agustin en hombros de dos labriegos, precedido y seguido de otros muchos de ambos sexos y entre ellos los escopeteros.*)

ESCENA V.

ISABEL. NICANORA. DON AGUSTIN. ESCOPETEROS. PUEBLO.

PUEBLO.—¡Viva don Agustin!—¡Viva el héroe!— ¡Viva la libertad!

ISABEL.—¡Señor!....

PUEBLO.—¡Viva....

D. AGUST.—¡Basta!

PUEBLO.—¡Viva el héroe!

D. AGUST.—¡Por Dios, basta!

NICANORA.—(Me confundiré con la plebe por de pronto....)

PUEBLO.—¡Viva!....

D. AGUST.—(*Con voz estentórea.*) ¡Pueblo soberano!

ESCOP. 1°.—¡Silencio, que va á echar una proclama!

D. AGUST.—¡No!— He pedido la palabra solamente para suplicaros que me permitais apearme. Vuestros hombros me honran.... demasiado; pero.... como no estoy hecho á cabalgar de esta suerte....

ESCOP 1°.—Sí, sí; ¡alto!

PUEBLO.—¡Que se apée! ¡Que se apée!
            (*Desciende don Agustin al tablado.*)

D. AGUST.—¡Isabel! (*La abraza.*)

ISABEL.—¡Ah señor!....

D. AGUST.—¡Hija mia!....

PUEBLO.—¡Viva Riego!—¡Viva don Agustin!

D. AGUST.—(¡Me atolondran!)

Pueblo.—¡Viva nuestro héroe!

D. Agust.—¡Dále! Yo no soy héroe, ni quiero serlo á tanta costa. (*Dando una llave á Isabel.*) Corre; tráeme dinero.... (*Entra Isabel corriendo en la habitacion de la izquierda.*) Guardad ese entusiasmo y esos vítores para quien los haya merecido. Yo estoy tan inocente del heroismo de hoy como de los crímenes de ayer.

Pueblo.—¡Viva la libertad!

D. Agust.—¡Eso sí!—Pero sea para todos, incluso yo, el héroe.

Pueblo.—¡Viva la patria!

D. Agust.—¡Viva!—Pero en nombre de ella, y de la constitucion, y de la independencia nacional... (*Tomando el dinero que le trae envuelto Isabel.*) y de este cartucho de napoleones, dejádme en paz, ciudadanos, y no me hagais echar de menos el calabozo de que me habeis sacado.

Escop. 1°.—(*Tomando el dinero.*) Dice bien. ¡Silencio!

Pueblo.—¡Que se reparta! ¡Que se reparta!

D. Agust.—Sí; pero léjos. Bebed á mi salud; pero, por Dios, ¡léjos!

Escop. 1°.—Ea, seguidme.

Pueblo.—¡Viva don Agustin!

———

ESCENA VI.

Don Agustin. Isabel. Nicanora.

(*Nicanora se mantiene á cierta distancia como temerosa de presentarse.*)

D. Agust.—¡Uf! ¡gracias á Dios!.... ¿Esta es la

gloria? ¿Esta es la popularidad? ¡Verdugos!.... Estoy descoyuntado.

ISABEL.—¡Pobre amo mio!

D. AGUST.—¡Isabel! Vuelve á los brazos de tu...de tu padre. (*La abraza otra vez.*)

NICANORA.—(¡Su padre! Es mucha ceguedad.... Pero peor sería....)

D. AGUST.—Tú eres la única persona que se ha interesado por mí....

ISABEL.—¡Oh! no, señor. Tambien la vecina, doña Amparo.... Vino aqui afligida, desolada....

D. AGUST.—¿De veras? Por algo simpatizaba yo con aquella interesante jóven.

NICANORA.—(Simpatizan.... ¡Vamos!....)

ISABEL.—¡Ah! Por cierto que se dejó aqui olvidado el tarjetero. (*Toma uno que puso Amparo sobre una mesa cuando leyó las cartas.*)

NICANORA.—(No me ha visto todavía.)

ISABEL.—Por ella supimos las ocurrencias de Madrid. Su criado la trajo cartas y en una de ellas el manifiesto....

D. AGUST.—Muy oportunamente ha venido; que si no, estaba en mucho peligro mi cabeza!

ISABEL.—¡Eh! No piense V. ya en eso. (*Examinando el tarjetero.*) ¡Qué primoroso! Voy á ver las tarjetas....

D. AGUST.—Los mismos que ahora me victoréan me hubieran arrastrado....

ISABEL.—(*Sacando del tarjetero un papel.*) ¡Cielos!

D. AGUST.—¿Qué es eso!

ISABEL.—(*Llamándole aparte y hablándole en voz baja.*)
¡ Mire V.! (*Le da el papel.*)

D. AGUST.—¡ Qué veo !

NICANORA.—(¡ Cuchicheos !.... ¿ Me estará denunciando ?....

D. AGUST.—(*Leyendo en voz baja.*) "Rodriguez.—Aracena.—Juan Rodriguez.—Amparo Sanchez."

ISABEL.—Con que ¿ es ella....

D. AGUST.—¡ Silencio ! Dáme eso...., (*Isabel le da el tarjetero y poniendo dentro el papel que acaba de leer lo guar-da don Agustin.*)

ISABEL.—¡ Es posible !

NICANORA.—(Como están de espaldas no oigo ni veo...
Ya se separan....Yo me aventuro....) (*Adelantándose.*)
¡ Señor !

D. AGUST.—¿ Quién....¡ Es V.!

NICANORA.—Doy á V. mil enhorabuenas....

D. AGUST.—¿ Cómo tiene V. valor para presentarse ante mis ojos?

NICANORA.—Confio en la indulgencia de mi amo..

D. AGUST.—Hace V. muy mal en confiar: su vil ingratitud ha llenado ya la medida de mi sufrimiento.

ISABEL.—Perdone V. su obcecacion. Está arrepentida....

D. AGUST.—No intercedas por esa mujer.

NICANORA.—Yo confieso mi falta: pero ¿ qué había de hacer?.... Ya no era posible encubrir la verdad.... La presencia del alcalde y de la tropa me impuso miedo....
y cómo yo estaba por el derecho divino y el rey neto....

Pero ya estoy convertida.   La patria....¡Oh, la patria sobre todo!

D. Agust.—Calle V., que me da náuseas.... ¡Tuviera V. al menos un poco de teson y el fanatismo escusara hasta cierto punto su bastardía!—Pero de nada le servirá á V. esa rídicula palinodia.

Isabel.—¿Ni mis ruegos tampoco?

D. Agust.—¡Tús ruegos.... Ella no merece....

Jesualdo.—(*Dentro.*) ¡Viva la patria!

———

ESCENA VII.

Don Agustin. Isabel. Nicanora. Jesualdo.

Jesualdo.—¡Viva la constitucion!

D. Agust.—¡Villano! ¿Tú tambien?....

Jesualdo.—¡Eh! lo pasado pasado y pelillos á la mar. Ya somos todos iguales.

D. Agust.—¡Iguales! ¿No hay por ahí una tranca? Yo te daré la igualdad....

Jesualdo.—¡Toma! el rey lo ha dicho....

Nicanora.—(*En voz baja.*) ¡Calla, demonio!....

D. Agust.—Vuelve á tomar la puerta si no quieres que yo te arroje por el balcon.

Jesualdo.—¡Ave María! Pues aunque uno fuera....

D. Agust.—(*Empujándole.*) ¡Fuera de aquí, pronto, fuera de aquí, y no vuelva yo á verte más!

Jesualdo.—A un ciudadano!.... Es una tiranía.

NICANORA.—¡Por Dios, véte....

D. AGUST.—(*Tomando, una silla.*) ¿Darás lugar....

JESUALDO.—(*Corriendo hácia el foro.*) (¡Zape!)

ISABEL.—(*Asiendo del brazo á D. Agustin.*) ¡Por Dios....

JESUALDO.—(*Volviendo la cabeza desde la parte esterior del foro y desapareciendo en seguida.*) ¡Servilon!

ESCENA VIII

DON AGUSTIN. ISABEL. NICANORA.

D. AGUST.—¡Voto á Briós!....

ISABEL.—¡Eh! ¿Quién hace caso de un bárbaro....

D. AGUST.—¡Tia de Jesualdo! Ya puede V. tambien hacer su atillo.

NICANORA.—¡Señor!....

D. AGUST.—¡No hay que replicarme!

ISABEL.—(*A Nicanora aparte.*) Retírese V. ahora. Ya se le pasará el enojo, y luego....

NICANORA.—Bien; sí. (¡Ah, los negros, los negros!) (*Entra en la habitacion de la derecha.*)

ESCENA IX.

DON AGUSTIN. ISABEL.

ISABEL.—Me da pena....

D. AGUST.—Si me hablas una sola palabra en su favor, riño contigo tambien.

AMPARO.—(*Dentro.*) ¿Dónde está.....

ISABEL.—Es doña Amparo.

———

ESCENA X.

DON AGUSTIN. ISABEL. AMPARO.

AMPARO.—¡Oh Don Agustin!....

D. AGUST.—Señora....

AMPARO.—Reciba V. mi parabien....

D. AGUST.—Gracias. De buena me he librado.

AMPARO.—Yo iba á llevar á V. la buena noticia....

D. AGUST.—Lo estimo en el alma.

AMPARO.—Y en el camino he sabido que mientras yo fuí á mi casa....

D. AGUST.—Sí, me han traido á la mia en volandas.

AMPARO.—Es buena gente la de este pais....

D. AGUST.—¡Reniego de su bondad! Por poco no me estrujan....Esto me tiene de tan mal humor....

AMPARO.—Pero el placer de verse libre....

D. AGUST.—Sí; para que todo bicho viviente abuse de

mi paciencia. ¿Sabe V. que desde que vine de Madrid todo se me ha vuelto contratiempos, sinsabores, zozobras.... No he tenido hora buena. ¡Hasta haberme endosado un párvulo, hijo de padres anónimos.... ¡Vive Dios!....

AMPARO.—(¡Ay triste!....)

ISABEL.—¡Señor!....

D. AGUST.—¡Calla tú! (Se inmuta....) ¿No sabía V. la gracia?

AMPARO.—Yo....no, señor. (No me atrevo á mirarle.

D. AGUST.—¡Oh! Yo tomaré mis medidas para que en adelante ningun alma de cántaro me vuelva á incomodar) Por primera providencia voy á plantar á ese cachorro en el camino real.

AMPARO.—(*Con un grito involuntario.*) ¡Cielos! ... ¿Tendrá V. corazon....

ISABEL.—¡Cómo? ¿V....

D. AGUST.—(*En voz baja.*) Calla. Es por probarla. (*A Amparo.*) Acuse V. á la madre que le abandonó; á mí ¿por qué? Yo puedo aspirar á tener hijos propios y no quiero prohijar á los ajenos.—Voy ahora mismo....

AMPARO. — ¡Oh! deténgase V. ¡Una criatura inocente! Aunque comprometa mi honra yo le recogeré si V. le desampara.

ISABEL.—(Oyó el grito de la naturaleza.)

D. AGUST.—(*Aparte á Amparo.*) ¡Bien, señora! No esperaba yo ménos.... Ese arranque de ternura.... (*Bajando más la voz.*) maternal....

AMPARO.—¿Qué oigo!

D. AGUST.—Me desarma, me conmueve.

Isabel.—(La pobre se turba.... ¡Qué amarga situacion!)

D. Agust.—(*Enseñando á Amparo el tarjetero.*) Mire V.!

Amparo.—¡Ah! El tarjetero... Olvidé.... ¡Ah señor don Agustin! Soy mas digna de compasion que de castigo. No me desprecie V. ¡De rodillas se lo ruego! (*Se arrodilla sin permitir que don Agustin la levante.*)

D. Agust.—¡Señora!....

Amparo.—Yo amaba á un oficial... Ibamos á casarnos; solo faltaba la real licencia. Le destinaron á otra guarnicion, partió con su regimiento; despues....¡Dios mio! Sobrevinieron las ocurrencias de la Isla.... Supe que había muerto en una accion.... Ya no veia medio de evitar mi deshonor....La sociedad no perdona nunca á una pobre mujer desvalida... ¡Oh! Si abusé de la generosidad de V. no fué por falta de entrañas; al contrario.... Pero... La vergüenza....Mostrar á mi hijo, y no poder decir: tiene un padre....

D. Agust.—Razon mas para que tuviera una madre.

Amparo.—Nunca he dejado de serlo; ¡Dios lo sabe! Pero desde ahora lo sabrá tambien el mundo. Perezca mi reputacion, pero no vuelva yo á temblar por el hijo de mi vida. Vamos...

D. Juan.—(*Dentro.*) ¡Don Agustin!

D. Agust.—¿Quién viene ahora...

ESCENA XI.

Don Agustin. Isabel. Amparo. Don Juan.

D. Juan.—(*Vestido de labriego.*) Vengan esos brazos. (*Se abrazan.*)

D. Agust.—¡Oh amigo!

Amparo.—¿Qué voz...

Isabel.—¡El capitan!

Amparo.—¡Dios mio...¡Juan!

D. Juan.—¿Quién....¡Amparo!   (*Amparo y don Juan se abrazan.*)

D. Agust.—¡Cielos! ¿Será ..

Isabel.—¿Es este....

Amparo.—¡Mi único amor! ¡Mi esposo!

D. Juan.—¡Eres tú! ¡Oh gozo inefable!

D. Agust.—¡Quién diria....

Isabel.—¡Yo lloro de placer!

Amparo.—Te lloraba muerto....

D. Juan.—Sí; desesperaron de mi curacion.... Fugitivo, perseguido...., no tuve medio de hacerte saber... Pero....Yo esperaba....No me atrevo á preguntarte...

D. Agust.—Si, señor, con toda felicidad; un niño como un ternero....

D. Juan.—¡Amparo!

D. Agust.—Yo lo he sido del padre y del hijo; y por poco no me cuesta la torta un pan.

D. Juan.—¡Tantas dichas á un tiempo!....

D. Agust.—Corra V. á besar al nene.   Abajo....

Isabel.—Yo guiaré....

Amparo.—Es inútil: sé donde está. ¿Acaso he dejado yo de velar por él? Volemos. (*Amparo y don Juan, abrazados, se van corriendo por el foro.*)

ESCENA XII.

D. Agustin. Isabel. Nicanora.

D. Agust.—¡Cuántas vicisitudes.... Yo voy á perder el juicio..... (*Sale Nicanora con un atillo debajo del brazo.*)

Nicanora.—(*Lloriqueando.*)—Perdóneme V., por amor de Dios, las ofensas que....

D. Agust.—¡Nada de jemeques! (¡Ahora se hace la mojigata.)

Nicanora.—(¡No amaina!) Quede V. con Dios....

D. Agust.—(*Con sequedad.*) Vaya V. con Dios.

Isabel.—Basta de rigor. Ella se enmendará....

Nicanora.—Sí; yo hago firme propósito....

D. Agust.—En hora buena; pero cúmplalo V. léjos de mí.

Isabel.—¡Ah señor! ¿No quiere V. concederme la única gracia que le he pedido?

D. Agust.—No te canses; lo que es tenerla en mi casa, aunque se empeñe el mundo entero....

Nicanora.—(No hay remedio. ¡Troné!)

D. Agust.—Sin embargo, en consideracion á sus largos servicios, buenos ó malos; y á que intercedes tú por ella, la jubilo con cinco reales diarios.

Nicanora.—(Del mal el menos.)

D. Agust.—Pero que se los coma lejos de aquí con su Jesualdo ó su demonio. Ya no necesito ama de gobierno.

Nicanora.—Pues; lo será Isabelita....

D. Agust.—No, señora.

Nicanora.—Pues ¿ por qué....

D. Agust.—Porque me caso.

ESCENA XIII.

D. Agustin. Nicanora. Isabel. D. Juan. Amparo.

Nicanora.—¡Ah! ¡Ya! (*Señalando á Amparo.*) Esa señora será la novia.

D. Agust.—Cierto.

Nicanora.—(La vecina me ha vengado. ¿No dije?..) Celebro....

D. Agust.—Y este caballero es el novio.

Nicanora.—¿Caballero? ¡Él!.... ¿Cómo....

D. Agust.—Es el capitan de ayer....

Nicanora.—¡Calle!..... Con que..... Pues..... ¿y V.?

D. Agust.—Yo soy el otro novio. Son dos las bodas.

Nicanora.—Basta. Comprendo.... (¡Sucumbo!)

D. Agust.—Y si la bella y virtuosa Isabel, que ya me ha dado poderes para disponer de su mano....

Isabel.—¡Señor!....

D. Agust.—No desdeña la mia....

Nicanora.—(¡Perezco!)

Isabel.—¡Señor! ¿Puedo yo merecer tanta honra .... (*Bajando los ojos.*) tanta felicidad?

D. Agust.—¿No has de merecer, ángel mio? Yo soy el que dudo ser digno de tu corazon y de tu mano.

Isabel.—El corazon.... ya era de V.; la mano.... aquí está.

D. Agust.—(*Abrazándola.*) ¡Hechicera!

Nicanora.—(¡Mal provecho te haga!)

D. Agust.—Amigos mios, sean VV. mis huéspedes hasta que se celebren en esta quinta las dos bodas.

D. Juan.—Con mucho gusto.

Amparo.—(*Abrazando á Isabel.*) ¡Isabel! ¡Cuánto me alegro....

D. Agust.—Y pues hoy es dia de gracias, permito á Nica.... á doña Nicanora que disfrute de la fiesta....

Nicanora.—De ningun modo. Prefiero entrar desde ahora en el goce de mi jubilacion. Yo ya estoy aqui demás. Enviaré por los cofres....

D. Agust.—Como V. quiera.

Nicanora.—(¡La fiesta! Para mi sería un suplicio.) ¡Abur!.... (¡Voy trinando, rechinando, rabiando!)

———

ESCENA ULTIMA.

D. Agustin. Isabel. Amparo. d. Juan.

D. Agust.—Tomemos ahora algun refrigerio y brindemos á nuestra próxima ventura....

D. Juan.—¡Y á la libertad y la independencia de la patria!

D. AGUST.—A la de la patria, sí; pero á la mia.... renuncio generosamente. Crei gozarla muy completa, y he sido el juguete de todo el mundo. ¡La independencia!.... Por librarme de Jesualdos y Nicanoras iria á buscarla en los desiertos....; pero tú, niña hermosa, tú me reconcilias con la sociedad.

FIN DE EA COMEDIA.

NOTES.

ACTO PRIMERO

Page Line

11.—21. *Quitar de en medio.* Send away.

25. *Ese aire de gatita de Mari Ramos.* This air of false modesty.

12.— 9. *¡Qué diantre!* Here : Who knows? Usually : the deuce! dickens!

10. *De ménos nos hizo Dios.* It may easily end by a wedding. (It is a simple thing to do.)

11. *Todavia es de recibo esta cara.* This face can still be made fair.

13.— 3. *Toma si lo soy!* See if I am!

8. *Intellectus apretatus (apretatus,* a made-up word) a searching mind. Here : a mind as well developed as the body.

18. *Que huele,* etc... Everything connected with orders is a bore to me.

21. *Que me revienta,* etc... Latin declensions make me sick.

23. *Que me has de matar á pesadumbres!* You wish to kill me with grief!

14.— 3. *¡Jesus me valga !* God help me!

8. *Todo he salido á.* I resemble.

18. *Me lleva quince años.* Is fifteen years older than I.

21. *Tierras de pan llevar.* Pieces of land bringing income.

25. *Á falta de pan buenas son tortas.* When there is no bread one must be satisfied with pan cakes, i. e. : One has to take the best he can find.

28. *Cuando pasan rábanos...* When radishes are for sale... one has to buy them, i. e.: One must take advantage of an occasion when one can.

15.— 7. *Y bailo solo.* I can manage my affairs alone.

11. *¡Maldito de cocer!* You hard case! Rogue!

16. *Ha abido alli la de San-Quintin.* The fight has already taken place there. Allusion to the battle of St.-Quentin, a little town in the north of

France, where on the 10th of August 1557, the Duke of Savoy commanding the Spanish forces, completely defeated Montmorency, a French general, after a fierce struggle. 10,000 men were killed in the battle.

15.—22. *Trasantayer for trasanteayer.* Three days ago.

26. *Entre dos luces.* At twilight.

29. *Que carita de pascua.* What a gay face (ironical).

30. *Que tripas pondria yo!* How badly I felt.

16.— 1. *Como el rosario de la aurora.* In a free fight. Allusion to a religious procession in a Spanish village, during which a fight took place among the worshippers.

5. *Mis costillas...* My ribs got the worst of it.

8. *¡Me arrimó un pié de paliza!* He gave me a good thrashing.

12. *Me quitó la accion.* He made me helpless.

20. *Jamugas.* A chair-like saddle for ladies.

17.— 7. *¡Vaya una tia indigesta!* What a disagreeable aunt!

12. *¡Válgame Dios!* See note on line 3, page 14.

12. *Se ha esponjado.* She has grown.

13. *Chupena.* Attractive.

14. *No hay que pasearse,* etc. It is useless to waste your time.

15. *Ni esa moza se peina para ti.* This girl is not setting her cap for you.

18. *De hacer los dos buenas migas.* That we could agree quite well.

18.— 3. *Aunque viniese yo de arar.* As if I had just been ploughing, i. e. as if I were a simpleton.

12. *¡Por vida del chápiro verde...* For mercy's sake!

19. *Me quitan diez años de encima.* I feel ten years younger.

19.— 6. *Vivir aqui de asiento.* Live permanently here.

Page Line

19.—14. *Hecha un ascua de oro.* As neat as a pin.

14. *No valga que yo lo diga...* Not because I say so...

15. *Un guiso de almejas.* A clam stew.

16. *Gazpacho.* A spanish dish in the composition of which enter : bread, tomatoes, cucumbers, green peppers, onions, oil, vinegar and garlic.

17. *Yo salgo por ella.* I vouch for her.

27. *Estas yerbas.* This spring.

20.— 1. *Las cuartanas.* Intermittent fever returning every four days.

5. *Erre que* etc... My aunt is determined that I shall be a priest.

6. *Hablando en plata.* Speaking in sterling words.

12. *Ya es duro Pedro para cabrero.* He is too old to study.

15. *Cincuenta ducados.* About 50 dollars.

20. *Hijodalgo (hijo d'algo).* Nobleman, gentleman.

26. *Naita de Dios* for *Nada de Dios.* Nothing under heaven.

21.— 8. *Estoy en eso.* I am thinking of it.

22.— 6. *Tan parlanchin.* So talkative.

11. *Enseñar la punta de la oreja.* Lit. : show the tip of the ear, i. e. what your intentions are.

18. *Nunca ha de acertar uno...* One can never tell...

23.— 1. *Pero si ahora,* etc. If you have a reason out with it, let it be known.

15. *Yo le bailaré el agua.* I will be so careful.

24.— 1. *¡Échale un nudo á la cola!* It is better to be silent, to see what he will do.

11. *Como que somos uña y carne.* Because we are like nail and finger, i. e. on very good terms.

16. *Ama de gobierno (de llaves).* Housekeeper.

25.—17. *No me hará falta.* See note, page 10, line 25.

30. *No sirve para nada.* She is not good for much.

Page Line
26.—10. *Le ha dado esa ventolera.* She took that fancy.

17. *¡Válgate Dios!* See note, p. 14, l. 3.

18. *El que bien tiene y mal escoge...* Part of a proverb the end of which is : *por mal que le venga no se enoje.* Any one who is happy and makes a change must bear the consequences of it.

21. *Tiene V. razon.* You are right. Cf. Fr. Vous avez raison.

25. *¿Qué le ha dado á V.?* What struck you?

27.—15. *Lo eché de ménos.* I remembered it, missed it.

28.—26. *Me apea el don.* He calls me you instead of thou. He is no longer familiar.

29.—16. *¡Quién fuera basilisco!* If I could only be a witch!

28. *Me pueden ahogar con un cabello.* They may do me harm.

30.—14. *Me recopilo agreste.* I rejoice.

31.— 2. *Los vivas pase.* The cheers, all right, i. e. might be excused.

ACTO SEGUNDO

33.— 3. *Que haga la rueda.* That I should try to please.

4. *No te hagas de pencas.* Do not let the occasion go by, hesitate.

6. *De refilon.* In passing.

6. *Me ha echo,* etc. She did not notice me more than the mountains of Ubeda.

7. *No estante.* For : *no obstante.*

7. *Volveremos á la carga.* We will try again.

8. *Que pobre mendrugo...* The saying is : *pobre porfiado saca mendrugo.* The one who persists succeeds.

12. *No cabe más.* It lacks nothing.

Page Line

34.— 3. *Que eche una mano.* That I should help.

15. *!Vaya un sopapo de mi flor!* What a blow from my love!

21. *¿En qué pesebre hemos comido juntos?* What right have you to be familiar with me?

35.— 1. *Ya caerás de tu asno.* You will come down from your high horse.

2. *¡Sobre que,* etc... You will have to love me finally.

4. *Tomo el tole.* I take leave.

5. *¡Vaya un modo de santiguar!* What a beginning! Allusion to the custom of making the sign of the cross before beginning an important affair.

36.— 7. *Ha dado en decirme chicoleos.* He insists upon saying gallant things to me.

18. *La bula.* Papal message (here : etiquette.)

20. *Tan de rechupete.* So bewitching, attractive.

20. *Me han hecho tilín.* Have made my heart beat. *Tilín.* word imitating the ringing of a bell.

21. *Tu lábia y tu intríngulis.* Your eloquence and your grace.

26. *Q. B. T. M.* Que besa tu mano.

37.—12. *Echar margaritas á puercos.* Cast pearls before swine.

23. *No echará de ménos.* See Note p. 27. l. 15.

38.—20. *Será lo que tase un sastre.* That will be, if I want to.

23. *Como yo no te vea.* As long as I do not see you.

39.— 5. *¿No sabes,* etc... Do you not know that one has often to kiss the hand he would like to see cut.

12. *El amo tiene razon.* See note on p. 26, l. 21.

20. *Lo que es su indole es buena.* He means well.

40.— 1. *No hay don!* See note p. 28, l. 26.

41.— 2. *Me haré la remolona.* I will go slow, stay as long as possible.

10. *No le ha parecido saco de nueces.* She does not make a bad impression upon him.

41.—18. *Un clavo saca otro clavo.* Lit. A nail drives out a nail. New things make old ones forgotten.

18. *Á todo túrbio correr, más vale..* Worse coming to worst, it is better...

42.—14. *(Ahí va esa por si acaso).* I say this as a warning.

44.— 7. *De la reina.* Queen olives.

17. *Que le haga plato.* That I should serve you.

45.— 3. *Como por parte de V.* By your invitation.

21. *Me hace V. salir los colores...* You make me blush.

46.— 6. *¡Voto á Cribas!* Great Cæsar!

16. *Del estado llano.* Of the common people.

17. *Soy doña por los cuatro costados.* I am a lady on my father's side as well as on my mother's.

29. *(¿Que mosca tiene doña N.?)* What is the matter with N?

47.—11. *Tan á pechos.* So much to heart.

12. *Si hace dimision.* If she should leave.

20. *Siempre que hay tramontana.* When the north wind blows. When there is confusion.

26. *¡Voto á sanes!* Zounds!

48.— 6. *¡Cómo se relame el arrapiezo!* How he enjoys himself!

7. *Si se le volviera rejalgar.* If the food could only turn into poison.

16. *Que yo he metido cizaña.* That I have sowed dissension.

50.— 1. *Espantar al coco.* Frighten the bugbear.

19. *¡Tente Agustin!* Careful A.!

23. *Dar un paseito a caballo.* (French : faire une promenade à cheval) take a horse-back ride.

51.— 8. *Tasca el freno.* Is flying into a passion (is champing the bit).

52.— 3. *¿Le ha dado algun torozon?* Is he sick?

6. *La remonta del ejército.* The needs of the army.

Page Line

52.—19. *Ni el caballo de Santiago.* Allusion to a legend saying that at the battle of Roncevaux (Roncesvalles) the apostle James appeared mounted upon a white horse, and took sides with the Christians against the Moors.

27. *Doblones.* Doblon, a coin of different values, generally 4 dollars.

53.— 7. *¡Echale un galgo!* It is useless to run for it.

17. *¡Válgame, etc...* See note, page 14, l. 3.

54.— 3. *¡Esto nos faltaba!* As if we needed that!

10. *Sin comerlo ni beberlo.* Without being connected with the child.

18. *Que llore en hora buena.* Let him cry.

19. *Darle de mamar.* Suckle, nurse him.

25. *Le dará de pechos.* Same as preceding note.

55.—13. *Se acordaría de mi.* He would hear from me.

27. *De rodillas.* On my knees.

56.—14. *Le sacaré de pila.* See note on p. 9, l. 8.

23. *Se le caerá, etc.* He will be very fond of the urchin.

57.— 2. *Ama de cria.* A nurse.

5. *Cruzármela á bofetones.* Scratch it, slap it.

ACTO TERCERO

58.— 2. *¡Vaya que es pegiguera!* How unfortunate things are!

11. *Llovido del cielo.* Fallen from heaven.

59.— 5. *¡Me va á comer un lado!* She will cost me a good deal.

17. *Pleito por ménos.* It will cost me less, call for less.

29. *Esto pica en historia.* This is turning to romance.

60.—12. *No ande su honor en las lenguas del vulgo.* Her reputation should not be a subject for gossip.

61.—11. *Saltar las lágrimas.* Weep.

20. *Como Pedro por su casa.* As a master enters his house, without knocking.

63.—11. *De las Cabezas de San Juan.* Name of a village where Riego, commanding an army which was to go to suppress insurrections in Spanish colonies in America, gave the signal of an uprising against Ferdinand the Second, in January 1820, the king accepting the constitution in march 1820.

28. *¡Pecho al agua!* Let us face the danger! Courage!

64.—23. *Tapado hasta los ojos.* Covered up to my eyes.

65.—17. *No es del caso.* This is not the question.

66.— 3. *Cómo ha de ser!* Lit. as it has to be, i. e. if that is the case.

7. *Trifulca.* Skirmishing.

67.— 3. *Por blanco que sea.* No matter how white he may be.

4. *Á la legua.* At a distance.

17. *No pierde la querencia.* He does not forget his lodging place.

68.— 2. *No ganamos para sustos.* We cannot be quiet an instant.

69.— 6. *Campechanos.* Liberal.

8. *Le ponen una cuarta de jeta.* Turn up their noses.

13. *Y que si verdes las han segado.* And even kill them when they are too young.

22. *Que malos mengues me trajelen.* Let bad spirits swallow me! The deuce take me!

70.— 4. *Pero, etc...* My new guests do not make it easy for me.

71.— 9. *Me ha ganado por la mano.* She did it before I could. She got the best of me.

Page Line
71.—20. *Sacaran,.... la tripa de mal año.* They will eat their fill.

72.—12. *Es perrito de todas bodas.* (Lit. : is a dog of all feasts). Is fond of pleasure.

19. *Arropía.* Ginger-bread, also candy.

24. *No pegaba mal un poco de pantomina.* Words were not sufficient.

73.— 3. *Yo tendré á raya.* I will keep within bonds.
7. *Siento en el sentido.* I feel within myself.

74.— 4. *Alcalde.* (Ar. *al,* the, and *kadi,* judge.) Now : mayor of a spanish town.

16. *Lesa Majestad.* High treason.

75.— 8. *Que lleva el diablo.* That the devil is chasing.

9. *Me calé que era el de marras.* I remembered it was the man I had just spoken of.

26. *Firma el Rey.* The king might sign it. It is as true as a law.

76.— 4. *Corriente.* All right.

77.— 4. *Que se ha de comer la tierra.* Which are mortal. With my own eyes.

5. *Y si no me curo en salud.* If I do not justify myself before hand.

78.— 8. *Aqui no hay corazon que valga.* There is no occasion for pity in this affair.

18. *¡ Retólicas !* For *retóricas.*

21. *Y aqui no hay tio, páseme V. el rio...* There is no way out, you will have to go.

23. *¡ Toma pisto !* I knew it !

80.— 5. *Pater familias.* This old form of the genitive singular is used here instead of familiæ.

6. *Vistos se proveerá.* It will be evident, clear.

19. *Paisano.* Comrade. A familiar name given by military men to civilians.

81.— 1. *¡ Ojalá se la lleven...!* I wish they might take her too.

Page Line

81.— 4. *¡ Vaya que la ha entrado, etc...!* I see that she loves Don Agustin.

16. *Ni lo que se pesca.* Nor what she wants. Lit. : what she is fishing for.

24. *Quedo enterado.* I understand.

82.—10. *¡ Albricias!* Good news !

24. *Pero lo que es en la mano...* As to giving it into her hands... (Never).

83.— 1. *Basta de dimes y diretes.* Enough discussions.

8. *Me la ha jugado de puño.* Has played a trick on me (by not leaving him to guard the house).

9. *¡ Las higadillas del alma me dejo aqui !* I leave my heart here !

13. *Cayó en chirona.* He is going to prison.

13. *He puesto una pica en Flándes.* I have accomplished a great thing. An allusion to the Spanish wars in Belgium and Holland.

ACTO QUARTO

84.— 1. *Tan baboso.* So joyful.

8. *Mudar de bisiesto.* Change plans.

9. *Tarde piache.* (Italian locution). Late fancy. Too late.

18. *Salga el sol por Antequera.* Let things take care of themselves.

85.— 2. *De espaldas.* Back to back, here, enemies.

5. *Ella entrará por el aro.* She will easily be victimized, drawn into it.

7. *De bien á bien.* Willingly.

7. *Mañana me querrá á la trágala.* Soon she will have to love me.

Page Line

85.—10.   *La echa V.. etc...*   You are talking and reasoning a good deal, but you do not know half of the affair, what you are talking about.

13.   *Esto es de ene.*   That will be the consequence.

14.   *El pandero.*   Tambourine, i. e the affair.

15.   *Se quedará á la Santimperie.*   Will be homeless, without ressources.

86.— 2.   *Plantarme de patitas.*   Set me out in the street. Dismiss me.

5.   *¡A otro perro con ese hueso!*   Tell that to some body else !

5.   *V. ya tiene el riñon bien cubierto.*   You have saved a snug sum already.

8.   *No me comulga*, etc...   You can not make me swallow millstones, i. e. believe what you say.

13.   *Cómo que ha*, etc...   As no one excells you in that respect.

18.   *Sean los que se fueren.*   Whatever be the amount.

87.—17.   *Me largue con viento fresco.*   That I should go promptly.

88.— 4.   *En darme cordelejo con mi fé de bautismo.*   In making fun of my age.

10.   *Me saca de mis casillas.*   Makes me lose my temper.

21.   *No tengo afan de mandar á nadie.*   I do not wish to rule anybody.

89.— 1.   *Ruede la bola* (bola, earth).   Let time pass on.

1.   *Que Dios no se ha muerto de viejo.*   Even Christ was put to death, i. e. Even the bests things have an end.

2.   *Á cada puerco le llega su san Martin.*   It is a custom among farmers in some parts of Europe, to kill their pigs for the fête of Saint-Martin which is celebrated on November 11th.   From this comes the saying : "For each pig Saint-Martin's fête will come," which means : every thing has to come to an end, happiness cannot last for ever, etc.

Page	Line

89. —12. *Escusais una y otra hacer calendarios.* It is useless for both of you to build castles in the air. To plan for the future.

27. *Caiga el que caiga.* Come what may.

90. —12. *Falta saber.* It remains to be known.

91. — 5. *Lechuguina.* Flatterer.

92. —22. *¡Ciertos son los toros!* It is a fact!

26. *Estoy enterada.* I understand it all.

93. — 8. *¡Todo se lo llevó la trampa!* Every thing goes wrong.

13. *Que has nacido de pié.* That you have been born under a lucky star.

15. *Viremos de bordo?* I will take another tack. Change my opinions.

23. *Quien le hizo mal tercio...* He who did him mos harm...

94. — 2. *Que saldría S. M. por ese registro.* That the king would come to such terms.

9. *Solo de boca.* I said these things but did not mean them.

28. *¡Qué papeles tiene una que hacer!...* What strange things one has to do.

96. —15. *Como no estoy echo á cabalgar de esta suerte.* As I am not accustomed to ride that way.

97. —15. *Napoleones.* Napoleon, a gold piece worth about 4 dollars.

16. *Echar de menos.* Regret. See note p. 27, line 15.

99. —13. *De espaldas.* Here : shoulder to shoulder. Compare note p. 85, l. 2.

100. —12. *Pelillos á la mar.* Let us forget the past.

101. — 9. *¿Quién hace caso...* Who would notice...

103. —10. *No me atrevo á mirarle.* I do not dare look at him.

104. —17. *Por falta de entrañas.* For lack of affection.

105. —20. *Yo lo he sido.* (*Lo,* here refers to *Amparo,* which means also protector.) I have been the protector.

Page Line

105.—20.   *Y por poco no me cuesta la torta un pan.*   A little more and it would have cost me more that I expected.

106.— 5.   *Nada de jemeques...*   Enough weeping, whining.

     6.   *Mojigata.*   Meek.

     21.   *Del mal el menos.*   Of two evils choose the least.

108.— 6.   *¡Mal provecho te haga!*   I wish you all possible unhappiness.

     19.   *Trinando, rechinando, rabiando.*   Hissing, grumbling, raging

www.ingramcontent.com/pod-product-compliance
Lightning Source LLC
Chambersburg PA
CBHW022337020726
47500CB00004B/1170